15
14
13
12
17
16
11
9
8
10
QUEENS
BROOKLYN
NEW YORK

Sandra Lehmann

Matti und Max
Abenteuer in New York

Mit Illustrationen von Manja Adamson

Biber & Butzemann

MIX
Papier aus verantwortungsvollen Quellen
FSC® C127349

Für Lasse, Lenny und Lino

Besuchen Sie uns im Internet unter **www.biber-butzemann.de** oder auf Facebook unter **www.facebook.com/biberundbutzemann**
Mehr zum Buch und den Matti und Max-Reiseblog findet ihr unter **www.mattiundmax.de**

Bibliografische Information der Deutschen Bibliothek
Die Deutsche Bibliothek verzeichnet diese Publikation in der Deutschen Nationalbibliografie; detaillierte bibliografische Daten sind im Internet unter http://dnb.ddb.de abrufbar.

Geschwister-Scholl-Str. 7
15566 Schöneiche

Texte: Sandra Lehmann
Titelbild und Illustrationen: Manja Adamson
Umschlaggestaltung: Manja Adamson, Annette Süß
Layout und Satz: Mike Hopf
Lektorat: Steffi Bieber-Geske
Lektoratsassistenz: Martina Bieber, Kati Bieber, Anja Köneke
Druck- und Bindearbeiten: TZG Zapolex Sp. z o.o. Polen
ISBN: 978-3-95916-053-7

Inhalt

1. Kapitel

New York, New York

„Schau mal! Da unten! Wow!"
„Ich seh nichts! Was ist denn da?" Max reckte den Kopf und blickte an seinem Freund Matti vorbei durch das runde Fenster des Flugzeugs.
„Na, die *Freiheitsstatue*!"
Max beugte sich ein Stück weiter vor. Tatsächlich! Jetzt sah er sie auch. Mitten auf einer schneebedeckten Insel im Grau des Wassers stand die *Statue of Liberty*, das Wahrzeichen von New York.
„Kneif mich mal, Matti. Ich kann immer noch nicht glauben, dass ich wirklich hier bin. Das ist so cool!"

„Aber echt! Wofür so ein Schatz alles gut sein kann. Wer hätte gedacht, dass wir damit so schnell in ein neues Abenteuer starten können?“

Max wusste genau, wovon Matti sprach. Ihr gemeinsames Abenteuer auf der griechischen Insel Kreta war ihm lebhaft in Erinnerung geblieben. Dort hatten die Freunde bei der Aufklärung eines Kriminalfalles geholfen. Und als wäre das nicht toll genug, hatte es für beide am Ende auch noch eine stattliche Belohnung gegeben.

„Wir in New York! Schon super, wenn man einen Papa hat, der Schauspieler ist und am *Broadway* ein Stück probt. Ein Glück, dass meine Eltern einverstanden waren und ich mitkommen darf“, sagte Max.

„Vor allem direkt nach Weihnachten. Zeigst du mir noch mal dein neues Handy? Das hätte ich auch gerne unter dem Baum gehabt, meins hat den Geist aufgegeben“, seufzte Matti.

„Ja, gleich. Ich muss sowieso eine Nachricht an meine Eltern schreiben, wenn wir gelandet sind. An Vicky übrigens auch. Der sind fast die Augen rausgekullert, als sie hörte, wohin meine Reise geht. Wir sollen ihr unbedingt ein paar Selfies aus New York schicken.“

„Bilder von *Manhattan* nach Berlin. Cool! Ohne Vicky wären wir eigentlich gar nicht hier – auf Kreta wären wir ohne ihre Hilfe ganz schön aufgeschmissen gewesen.“

Mattis Papa Magnus, der eine Reihe hinter den Freunden am Fenster saß, tippte seinem Sohn auf die Schulter. „Na, Jungs, da haben wir doch genau die richtige Seite für unseren Landeanflug erwischt, was? So eine Aussicht hat man nicht alle Tage. Jetzt dauert es nicht mehr lange, und wir haben wieder Boden unter den Füßen.“

Matti drehte sich zu ihm um. „Papa? Wie kommen wir vom Flughafen in die Stadt? Holt uns deine alte Freundin von der Schauspielschule ab?"
„Ja, und damit Helen bei der Kälte nicht ewig warten muss, nehmt doch bitte dieses Mal eure eigenen Koffer vom Gepäckband, okay?"
Matti und Max grinsten einander an. Wegen vertauschter Koffer am Flughafen von Kreta hatten sie sich in den letzten Ferien kennengelernt.

Es dauerte eine Weile, bis die drei endlich den Ausgang erreichten. Eine Riesenschlange an der Passkontrolle hatte sie aufgehalten. Die Jungen folgten Magnus hinaus aus dem Flughafengebäude. Suchend sahen sie sich um. Es schneite. Autos mit beschlagenen Fenstern und verschneiten Dächern warteten und hupten in mehreren Spuren.
Ein Mädchen in einem roten Mantel lief auf Mattis Papa zu und winkte. Ihr brauner Pferdeschwanz flog dabei auf und ab. „Huhu, Magnus! Kennst du mich noch?"
Entgeistert sah Matti seinen Vater an. „Ist das deine Freundin Helen?"
Doch Magnus hatte keine Zeit zu antworten. Das Mädchen lief auf ihn zu, und zur großen Überraschung der Freunde öffnete Magnus seine Arme und umarmte sie fest. „Natürlich kenne ich dich noch, du kleiner Wirbelwind", rief er und lachte.
Das Mädchen sah zu Matti und Max hinüber. Sie zog ihren rechten Handschuh aus und streckte ihnen die Hand entgegen. „Ich bin Sophie. Freut mich total, euch kennenzulernen. Kommt ihr mit? Das Taxi wartet."

Während die drei ihr über die vermatschte Straße folgten, wandte sich Matti flüsternd an Magnus. „Papa, wer ist das?"
„Entschuldigt, Jungs, ich dachte, das wäre klar. Sophie ist Helens Tochter und so alt wie ihr."
Ein Stück entfernt stand eine Frau mit blonden Locken neben einem knallgelben Taxi und hob die Hand zum Gruß. „Meine Lieben, da seid ihr ja! Wie war euer Flug? Willkommen im winterlichen New York!"
Sie küsste Magnus auf die Wange und begrüßte dann die beiden Jungs. „Ich bin Helen, und ihr müsst Matti und Max sein. Wir haben uns schon sehr auf euch gefreut."
Sophie sah die beiden neugierig an. „Wer von euch ist denn Matti und wer Max?"
Matti grinste und zeigte auf seinen Freund. „Rote Haare mit Sommersprossen, das ist Max. Und ich bin Matti."
„Steigt ein, Kinder! Es wird kalt", sagte Helen. „Das hier ist das größte Yellow Cab weit und breit. Da passen wir alle rein."
Nachdem das Gepäck sicher verstaut war und jeder einen Platz im warmen Taxi gefunden hatte, drehte sich Helen zu den Freunden auf der Rückbank um. „Dann nichts wie los, oder? Wir sind noch ein Stück außerhalb der Stadt, und es dauert etwas, bis wir im Zentrum sind. Oh, es wird euch dort gefallen, das verspreche ich euch. In der Zeit um Weihnachten und Silvester ist New York wie verzaubert."
Das gelbe Taxi fuhr langsam durch den dichten Verkehr am Flughafen. „Seid ihr das erste Mal in Amerika?", fragte Sophie, die neben Matti und Max saß.
Max nickte, während Matti sie neugierig ansah. „Sophie, woher kennst du eigentlich meinen Papa?"

Helen sah lächelnd in den Rückspiegel. „Ich glaube, das kann ich dir besser beantworten, Matti. Du weißt ja, Magnus und ich kennen uns von der Schauspielschule. Und wie es der Zufall so will, stehen wir seitdem immer mal wieder gemeinsam auf der Bühne. Das letzte Mal vor einigen Jahren hier in New York am *Broadway,* der bekannten Theatermeile. Da kam uns Sophie oft bei den Proben besuchen."
„Und jetzt spielt ihr wieder zusammen?", fragte Max.
„So ist es, Jungs", antwortete Magnus. „Und während Helen und ich das Stück proben, könnt ihr mit Sophie die Stadt erkunden."
Sophies Augen strahlten. Aufgeregt rutschte sie auf dem glatten schwarzen Lederpolster des Wagens vor und zurück. „Das wird klasse! Ich zeige euch die coolsten Ecken, versprochen. Und das Beste wisst ihr ja noch gar nicht: Euer Hotel hatte einen riesigen Wasserschaden."
Entsetzt sahen die Freunde sie an. „Und was ist daran so toll?", fragte Max.
„Ja, Papa. Wo sollen wir denn jetzt hin?" Matti blickte seinen Vater mit großen Augen an.
„Stopp! Ihr habt mich nicht ausreden lassen", warf Sophie ein. „Mama und ich haben nämlich beschlossen, dass ihr dann eben einfach bei uns wohnt. Wir haben mehr als genug Platz."
„Aber das geht doch nicht ...", fing Magnus an.
„Und wie das geht", unterbrach ihn Helen. „Ihr werdet sehen."
Während Matti und Max noch überlegten, wie sie diese Neuigkeit fanden, fuhr das Taxi weiter auf die Skyline New Yorks zu.

2. Kapitel

Im Taxi durch New York

Hupende Autos und Fahrradfahrer, die durch den Schneematsch schlitterten – es herrschte winterliches Chaos in New York. Max wischte über die beschlagene Fensterscheibe des Taxis und sah hinaus auf das hektische Treiben in den Straßenschluchten. „Matti? Siehst du, wie hoch die Gebäude sind? Ich kann überhaupt nicht erkennen, wo sie aufhören."

„Nee, ich auch nicht. Und was hier los ist! Bin ich froh, dass ich das Taxi nicht fahren muss. Das ist ja wie ein Labyrinth aus Einbahnstraßen, oder? Da findet sich doch kein Mensch zurecht!"

„Ach, so schwer ist das nicht", erklärte Sophie. „Mit ein bisschen Logik versteht man den Straßenplan ziemlich schnell. Von Osten nach Westen verlaufen die Streets und von Norden nach Süden die Avenues. Alles klar?"

„Völlig", meinte Matti ironisch. In die Stille hinein knurrte sein Magen.

Max schüttelte den Kopf. „Du bist doch ein alter Nimmersatt!" Als Antwort brummte Mattis Magen noch lauter. Helen schmunzelte. „Wir sind gleich da, Jungs. Und Molly, unsere gute Fee, hat sicher etwas zum Essen vorbereitet." Die zwei Freunde sahen sie verwundert an.

„Doch keine echte Fee", sagte Sophie und kicherte. „Molly ist seit Ewigkeiten bei uns. Sie kümmert sich um den Haushalt und macht

alles, was Mami nicht schafft. Außerdem kocht und bäckt sie wie eine Weltmeisterin."

Matti sah das Mädchen mit leuchtenden Augen an. „Ich glaub, ich mag eure Fee jetzt schon", murmelte er vor sich hin.

Max nahm seinen Stadtplan aus dem Rucksack. „Wohnt ihr eigentlich in *Manhattan*?"

Sophie nickte und warf einen Blick auf den Plan. „Schau mal, da ist unser Zuhause." Sie zeigte auf die Karte. „In *Midtown*, nicht weit vom *Central Park*."

„In der Nähe vom *Central Park*? Ich dachte, da wohnen nur die Reichen", sagte Matti erstaunt.

„Wir sind aber nicht reich", erwiderte Sophie. „Unserer Familie gehört die Wohnung seit Ewigkeiten, und meine Mama arbeitet viel am Theater, damit wir auch dortbleiben können."

„Und dein Papa, was macht der?", fragte Matti.

„Mann, sei doch nicht so neugierig", zischte Max seinem Freund zu.

Helen drehte sich zu den Jungen um. „Ist schon okay, ihr beiden. Sophies Papa lebt leider nicht mehr. Wir sind ein reiner Frauenhaushalt. Euer Besuch ist da eine schöne Abwechslung."
„Oh, jetzt schaut doch nicht wie drei Tage Regenwetter", sagte Sophie, als sie die betroffenen Gesichter von Matti und Max sah. „Er starb bei einem Unfall kurz nach meiner Geburt. Ich habe keine Erinnerung an ihn. Und Mama, Molly und ich, wir sind ein super Team. Aber sagt mal, wieso sprecht ihr eigentlich so gut Englisch?"
„Also, ich gehe in Berlin auf eine amerikanische Schule. Da findet viel Unterricht auf Englisch statt", erklärte Max.
„Echt? Cool, dass es so was gibt", sagte Sophie und drehte sich zu Matti um. „Und wie ist das bei dir?"
„Meine Oma kommt aus England. Ihr ist es total wichtig, dass ich mit ihr nur Englisch spreche. Ich bin also damit aufgewachsen. Sonst könnte ich deine Sprache bestimmt nicht so gut. Vokabeln lernen ist nämlich nicht so mein Ding."
Magnus lachte auf. „Genauso ist es. Ich bin meiner Schwiegermutter recht dankbar."
Helen machte dem Fahrer ein Zeichen anzuhalten. „Wir sind da!" Das Taxi hielt an einem Wohngebäude aus hellem Sandstein. Im Eingangsbereich erschien ein Mann in dunkler Uniform und kam auf den Wagen zu. Auf seiner Jacke blitzten in mehreren Reihen blank polierte Messingknöpfe. Lächelnd öffnete er die Türen des Taxis.
„Wer ist denn das?", flüsterte Max Sophie zu. „Wohnt der auch hier?"
„Nein, das ist Bill, unser Doorman. Er passt auf den Eingangsbereich auf und meldet die Gäste an."

Bill zwinkerte Sophie zu, als sie mit den Freunden aus dem Taxi stieg.
„Hi, Bill! Das sind Matti und Max. Ich hab dir doch von ihnen erzählt."
„Natürlich, Miss Sophie." Bill sah die Jungen an und nickte. „Schön euch kennenzulernen."
Matti, der in solchen Situationen nie schüchtern war, grüßte zurück: „Danke, wir freuen uns auch."
Der Doorman kümmerte sich um die Koffer, während Magnus die Fahrt bezahlte. Mit ihrem Gepäck in der Hand folgten die zwei Freunde Helen und Sophie zum Eingang. Bill hielt ihnen die Glastür auf. Vorbei an einer langen Empfangstheke ging es durch die weihnachtlich geschmückte Halle zu den Aufzügen.
„Solche Fahrstühle kenne ich nur aus Filmen", murmelte Max. Er sah auf die verschnörkelte Gittertür vor dem Aufzugsschacht.
„Das glaube ich dir gerne", antwortete Helen. „Unser Gebäude ist fast hundert Jahre alt. Natürlich wurde seitdem vieles erneuert, aber ein paar Sachen sind geblieben, wie sie immer waren."
Max räusperte sich. „Matti, wollen wir lieber die Treppe nehmen?"
„Na, dann viel Spaß, Jungs, wir wohnen in der 18. Etage", sagte Sophie. „Außerdem sieht der Fahrstuhl nur von außen so antik aus, versprochen."
„Im 18. Stock?", fragte Matti entsetzt. „Also, ich laufe da nicht hoch! Selbst wenn er knattert, ächzt und stöhnt, fahre ich mit dem Aufzug."
„Okay, ich hab's verstanden." Max betrat als Letzter den Fahrstuhl. „Du brauchst ja nicht gleich so zu übertreiben."

Matti kicherte. „Ich? Übertreiben? Niemals!“ Dann riss er erschrocken die Augen auf. „Stopp! Halt! Mein Koffer!“
„Ooooh nein, nicht schon wieder dieser Koffer!“, stöhnte Magnus und sah seinen Sohn an.
„Dann wirst du wohl gleich eine Extrafahrt nach unten machen, während Molly uns mit ihren Leckereien verwöhnt. Aber vielleicht lassen wir dir ja was übrig …“, neckte Sophie ihn.
Matti erblasste. Wenn es ums Essen ging, hörte für ihn der Spaß auf.
„Du meinst doch nicht das blaue Gepäckstück, das einsam und verlassen am Aufzug stand?“ Magnus holte etwas hinter seinem Rücken vor.
„Mensch, Papa, sehr witzig!“, grummelte Matti und nahm ihm den Koffer ab.
Mit einem Klingeln hielt der Aufzug im 18. Stock. „Wir sind da! Kommt mit, hier geht’s lang!“ Sophie lief den anderen voraus den Flur entlang. „Huhu, Molly! Machst du uns auf?“
„Ich glaube nicht, dass sie dich von hier aus schon hören kann“, rief Helen ihrer Tochter nach. Doch Sophie war bereits um die nächste Ecke verschwunden.

3. Kapitel

Rudy und der Riese

Eine kräftige Frau mit getupftem Kleid stand in der geöffneten Wohnungstür. Ihr Arm lag um Sophies Schultern und sie lächelte den Gästen herzlich entgegen. „Willkommen! Ich bin Molly, und ihr beiden müsst Matti und Max sein. Oh, ihr seid bestimmt fix und fertig nach dieser langen Reise, Kinder!“

„Der mit den roten Haaren ist Max und der mit den superhellen ist Matti. Kann man gut unterscheiden, oder?“ Lachend zeigte Sophie auf die Jungen.

„Und mich kennst du ja noch, oder?“, warf Magnus ein, der mit Helen die Nachhut bildete.

„Aber natürlich. Nie wieder hatten wir seitdem einen Gast, der mein Essen so mochte“, sagte Molly mit einem Zwinkern in den Augen zu Magnus.

„Meinem Sohn wird es da nicht anders gehen“, antwortete Magnus und gab ihr einen Kuss auf die Wange.

„Dann hereinspaziert! Sicher habt ihr einen Riesenhunger nach dem langen Flug. Stellt drinnen das Gepäck ab und kommt gleich zu mir in die Küche!“

Das ließen sich Matti und Max nicht zweimal sagen. Ein geräumiger heller Flur mit glänzend poliertem Holzboden empfing sie. Der Duft von Zimt und Weihnachtsgewürzen lag in der Luft.

„Ihr könnt euch hier nicht verlaufen, Jungs“, sagte Helen freundlich.

„Am Ende des Ganges sind die Gästezimmer mit Bad. Und wenn ihr soweit seid, folgt einfach eurer Nase."

Nur wenig später fanden sich alle in der weihnachtlich geschmückten Küche ein. Licht strömte aus verschiedenen Fenstern in das Zimmer und funkelte an Messingtöpfen, die von der Decke hingen. Auf einer weißen Theke stand Essen in Hülle und Fülle.
„Na, dann mal los! Molly hat ordentlich aufgetischt, oder?", lud Sophie sie ein. „In Honig gebackener Schinken, Süßkartoffeln, ofenwarme Biskuits, sahnige Butter und zum Nachtisch einen New York Cheesecake mit Lebkuchengewürz."
Matti und Max lief das Wasser im Mund zusammen. Eifrig beluden sie ihre Teller. Die Biskuits dufteten nach frisch gebackenen Brötchen.
„Molly, du bist echt unschlagbar", lobte Magnus, während er von allem eine Kostprobe nahm. Dann setzte er sich neben die Jungen an den großen Holztisch in der Mitte der Küche. Molly schenkte Limonade ein und sah zufrieden lächelnd in die Runde.
„Glückliche Gesichter am Tisch und kein Laut zu hören. Das beste Kompliment, oder, Molly?", fragte Helen. „Und nun nimm dir bitte selbst von deinem köstlichen Essen und setz dich zu uns."
Matti, der bereits die Reste des ersten Tellers verputzte, sah sehnsüchtig in Richtung Theke. Sophie schubste ihn von der Seite an. „Na los, nimm dir! Probier unbedingt auch vom Cheesecake, so viel du magst. Und danach gehen wir zu Opa Walter, okay?"
„Sophie, das muss doch nicht gleich am ersten Tag sein", seufzte Helen.

„Er wartet aber auf uns. Ich habe ihm versprochen, dass ich mit den Jungs vorbeikomme."
Fragend hob Helen die Augenbrauen. „Nur, wenn die beiden es möchten. Ist das klar?"
„Dein Opa wohnt auch hier im Haus?", fragte Max verwundert, während er sich ein großes Stück Schinken in den Mund schob.
„Also, er ist nicht mein richtiger Opa, aber ich kenne ihn schon ewig. Ihr werdet staunen, Jungs, wenn ihr seine Wohnung seht. Und Rudy, sein Dackel, ist der beste Hund weit und breit."
Helen blickte Magnus entschuldigend an. „Sophie hängt sehr an Opa Walter. Bei all den Theaterproben, die ich habe, verbringt sie viel Zeit mit ihm. Er ist ein liebenswerter Herr, dem manchmal das Chaos in seiner Wohnung etwas über den Kopf wächst."
„Aber Mami! So ist es doch gar nicht! Opa Walter sagt, jeder Mensch hat seine eigene Ordnung. Und er findet alles, was er braucht", wandte Sophie ein.
„Ich bin mir sicher, die Jungen begleiten dich gerne. Max muss sich davor nur noch bei seinen Eltern melden. Und wir beide, Matti, rufen kurz bei Mama an. Sie möchte ja auch wissen, dass wir gut gelandet sind." Matti, der die Backen voll mit New York Cheesecake hatte, dem cremigsten Käsekuchen, den er je probiert hatte, nickte eifrig. „Dauert bestimmt nicht lange", wandte sich Max an Sophie. „Danach können wir gleich starten."

Ein Bellen ertönte, als Sophie an Opa Walters Tür klingelte. „Rudy! Was machst du denn für einen Lärm?", hörte man eine tiefe Stimme im Inneren der Wohnung rufen. Die Tür öffnete sich, und ein Rauhaardackel huschte hindurch. Schwanzwedelnd sprang er an Sophie hoch, die ihn ebenso freudig begrüßte. „Mein Rudy, da bist du ja! Hast du mich vermisst? Schau mal, ich habe jemanden mitgebracht." Sie kniete sich auf den Boden und nahm den Hund in den Arm.

„Vielleicht möchtest du uns deine Freunde auch vorstellen, Sophie?" Ein älterer Herr stand in der Tür und lächelte die Kinder an.

„Sie sind aber groß", entfuhr es Matti. Peinlich berührt stieß Max seinen Freund an.

„Ja, Opa Walter ist echt riesig, oder? Wie ein Basketballspieler. Nur nicht mehr ganz so jung."

Max sah Sophie an. Herrjeh! Das Mädchen war genauso vorlaut wie sein Freund Matti.

„So, so, ein Basketballspieler. Nun kommt aber erst mal rein", sagte Opa Walter und ließ die Kinder durch die Tür.

Sophie schnatterte aufgeregt weiter: „Das sind Matti und Max. Sie wohnen in den Ferien bei Mama und mir. Mattis Papa spielt auch in dem neuen Stück am Broadway mit. Während die Erwachsenen bei den Proben sind, zeige ich den Jungs New York. Cool, oder?"

Opa Walter sah Matti und Max mit einem Zwinkern in den Augen an. „Na, da werdet ihr sicher viel in der Stadt erleben, wenn Sophie mit euch unterwegs ist."

Er führte die Kinder durch den Flur ins Wohnzimmer. Die Freunde staunten. Wohin man auch sah, überall standen Bilder und Leinwände herum. Neben Kunstwerken hingen Postkarten und Zeitungsartikel zur Malerei an den Zimmerwänden. Es roch nach Terpentin und Farbe. Eine Staffelei stand an einem Tisch, auf dem ausgequetschte Farbtuben, bunt bespritze Gläser und Pinsel durcheinander lagen.

„Entschuldigt das Chaos, Kinder." Opa Walter lachte: „Sonst sieht es hier natürlich nicht so aus."
„Doch, sonst sieht es hier auch so aus. Das ist ja das Tolle. Wisst ihr, Opa Walter ist nämlich Künstler."
„Na na, meine Kleine, ein Künstler bin ich nicht", winkte der alte Herr bescheiden ab. „Ich bin Restaurator und Kunsthistoriker ..."
„Restau...was?", unterbrach ihn Matti, während er Rudy nachschaute, der unentwegt zwischen den Kindern hin und her flitzte.
„Mann, das ist jemand, der Bilder repariert und erneuert", erklärte Max und sah seinen Freund verwundert an.
„Ja genau, Opa Walter ist dafür Spezialist. Sogar die großen Kunstmuseen in New York rufen ihn an, wenn sie Hilfe brauchen", warf Sophie ein.
Opa Walter seufzte. „Ja, das kommt schon mal vor. Meist arbeite ich aber für Privatleute. Da darf man heutzutage nicht wählerisch sein. Schließlich muss ich ja von was leben." Der große Mann beugte sich zu seinem Hund hinunter und hob ihn mit farbverkleckssten Händen hoch. Freudig leckte ihm Rudy übers Gesicht.
„Jetzt möchten wir dich aber nicht länger von der Arbeit abhalten", erklärte Sophie. „Ich wollte dir nur unbedingt meine neuen Freunde vorstellen."
Opa Walter nickte und sah die Kinder an. „Wie nett, ich habe mich sehr gefreut, euch kennenzulernen, Matti und Max. Kommt bald wieder vorbei, ja? Und habt eine tolle Zeit. Ihr werdet sehen, in New York ist es wie auf einer großen Reise. Es gibt so viel zu entdecken. Ich bin schon gespannt auf eure Erlebnisse." Die Freunde nickten und verabschiedeten sich mit Sophie von dem alten Herrn.

Auf dem Weg zum Fahrstuhl konnte Matti ein Gähnen nicht mehr unterdrücken. „Mannomann! Bin ich müde!“
„Ist ja auch kein Wunder“, erklärte Max und musste selber gähnen. Dann fuhr er fort: „Hier ist es erst früher Abend, aber bei uns in Deutschland ist schon bald Mitternacht.“
„Wow, echt?“, fragte Sophie. „Dann aber gleich ab ins Bett mit euch. Schließlich wollt ihr ja morgen fit sein, denn dann geht's rein in den Großstadtdschungel.“

4. Kapitel

Morgens in Manhattan

Am nächsten Tag wachten Matti und Max früh auf. Die Zeitverschiebung ließ sie nicht lange schlafen, und so war die Sonne noch nicht aufgegangen, als die Freunde einen Blick aus dem Fenster warfen. Es herrschte bereits emsiges Treiben auf den verschneiten Straßen der Stadt.

„Ob Sophie auch schon auf ist?", fragte Max. „Ich bin total gespannt, was wir heute unternehmen."

„Hmmm, ich möchte viel lieber wissen, ob Molly da ist. Ihr Frühstück ist bestimmt lecker!"

„Echt Matti!" Max lachte. „Ich hab aber auch Hunger. Zu Hause ist es ja schon sechs Stunden später. Da gibt's um diese Uhrzeit bald Mittagessen. Ist also kein Wunder, wenn unsere Mägen knurren. Wie wär's, wenn wir in die Küche gehen und schauen, ob wir was zum Essen finden?"

Bereits im Flur wehte den Freunden der Duft von gebratenem Speck und Eiern entgegen. In der Küche stand Molly am großen Herd und hantierte mit den Pfannen. „Na, ihr zwei, guten Morgen", begrüßte sie die beiden lächelnd. „Ich hab mir schon gedacht, dass euch die Zeitverschiebung früh aus dem Bett treibt, und bin etwas eher gekommen. Gleich gibt's Frühstück."

„Oh, Sie sind die Beste, Molly." Matti strahlte und setzte sich neben Max an die Theke. „Es gibt Eier mit Speck. Stimmt doch, oder?"

„Ganz genau! Außerdem sind gleich die Pancakes mit Butter, Zimt und Ahornsirup fertig. Und hier habt ihr schon mal den frisch gepressten Orangensaft." Molly reichte den Freunden zwei große Gläser.
„Hallo? Rieche ich hier Pancakes?", ertönte eine Stimme hinter den Jungen. Sophie kam in die Küche und rieb sich verschlafen die Augen. Sie umarmte Molly kurz und versuchte dann, einen Blick in die Pfannen zu werfen.
Doch die Haushälterin schob sie freundlich, aber bestimmt zur Seite. „Sophie, jetzt steh mir bitte nicht im Weg. Ich bin gleich soweit." Seufzend gehorchte das Mädchen und setzte sich neben Matti und Max.
Molly belud die Teller mit dampfendem Essen. „Wisst ihr schon, was ihr heute unternehmen wollt?"
„Ich zeige den Jungs nachher den *Central Park*. Da sind wir bestimmt den halben Tag unterwegs."
„Na, dann stärkt euch jetzt mal tüchtig, bevor es in die Kälte rausgeht."
Die Freunde ließen sich nicht zweimal bitten. Sophie sah den beiden beim Essen zu und griff dann selbst zur Gabel. „Es scheint ihnen zu schmecken, Molly", sagte sie und nahm einen großen Bissen Rührei mit Speck. Matti und Max, die die Münder zu voll hatten, um zu antworten, nickten eifrig.

Eine Stunde später begrüßten die Kinder Bill, den Doorman, der hinter seiner Theke im Eingangsbereich saß und ihnen zuwinkte. Sie traten durch die große Glastür hinaus ins Freie. Eine frostige Morgenkälte schlug ihnen entgegen. Max zog sich die Mütze ein Stück weiter über die Ohren.

„Kommt mit! Wir müssen nur die Straße runter, dort geht's rein in den *Central Park*", erklärte Sophie und lief voran, den breiten Bürgersteig hinunter. Neben ihr eilten Geschäftsleute mit dampfenden Kaffeebechern in der Hand durch die Straßenflucht. „Ein bisschen schneller, okay? Sonst wird uns noch kalt",

forderte Sophie die Freunde auf. „Schaut mal, da vorne ist schon der *Columbus Circle*."
„Puuh, wie kommt man denn bei all dem Verkehr da rüber?" Kopfschüttelnd sah Matti zu dem großen Platz, auf dem Fahrzeuge dicht gedrängt versuchten, sich einen Weg zu bahnen.
„Wir können ja die Unterführung nehmen", schlug Max vor und folgte dem Menschenstrom zu einer Treppe, die nach unten führte.
„Hey, Jungs, wo wollt ihr denn hin?", rief Sophie die beiden zurück. „Das ist die Subway Station, da geht's zur U-Bahn. Wir gehen dort drüben zur nächsten Ampel. Und wenn ihr mögt, könnt ihr Christoph Columbus zuwinken. Der steht nämlich als Statue mitten im Kreisverkehr."
„Na dann, hallo, Christoph!" Matti kicherte und hob die Hand mit Blick auf das Monument, während Max mit den Augen rollte.
„Ihr wisst es bestimmt, aber der *Central Park* ist einfach riesig", erklärte Sophie den Jungen. „Wir gehen am südlichen Ende rein. Im Sommer bin ich fast jeden Tag hier. Es ist unglaublich, was man im Park alles machen kann. Am liebsten fahre ich mit meinen Inlinern durch die Gegend oder suche mit Freunden Geocaches. Aber es gibt auch super Felsen zum Klettern, und am *Conservatory Water* kann man Modellsegelboote leihen." Die Jungen lauschten Sophies Worten.
Da blieb Max mitten im Menschengewühl plötzlich stehen. „Huch! Was ist das denn? Das nenn ich mal einen Hundefan!" Erstaunt schaute er in Richtung Parkeingang. Ein Mann stand dort und hielt an unzähligen Leinen jede Menge Vierbeiner fest.
„Mannomann!", rief Matti. „Das sind ja acht Stück! Ich mag Hunde, aber das wären mir eindeutig zu viele."

„Die gehören ihm doch nicht. Das ist ein Hundesitter. Der geht mit denen Gassi, weil die Besitzer keine Zeit dafür haben."
„Du meinst, wie ein Babysitter, nur für Hunde?", fragte Max ungläubig. Sophie nickte und grinste die beiden an. „Sowas gibt's bei euch wohl nicht so oft, oder?"
Matti und Max schüttelten stumm den Kopf. Staunend liefen sie an dem Hundesitter vorbei in den Central Park. Entlang der weißen Wege glitzerte der Schnee in den Baumkronen.
„Wie wär's mit Schlittschuhlaufen?" Sophie sah die Jungen erwartungsvoll an.
„Gibt's hier denn einen See? Und ist das Eis schon dick genug?", fragte Max erstaunt.
„Mal ganz abgesehen davon, dass wir keine Schlittschuhe haben", ergänzte Matti.
„Alles kein Problem, Jungs. Das wird ein Riesenspaß, ihr werdet sehen!", rief Sophie den beiden zu und stapfte gut gelaunt voran.
Matti sah seinen Freund von der Seite an. „He, Max! Ich kann gar nicht Schlittschuhlaufen. Und du?"
Überrascht hob Max die Augenbrauen. „Du warst noch nie auf dem Eis?"
„Hab ich doch gerade gesagt. Schau mal! Was ist denn mit Sophie los?", fragte Matti, dankbar für die Ablenkung. Das Mädchen war ein Stück vor ihnen vom Hauptweg abgebogen und mit einem Ruck stehen geblieben. Durch die winterliche Stille ertönte ein Bellen. Ein kleines braunes Etwas rannte auf sie zu.

5. Kapitel

Ein Streit im Central Park

„Das ist ja Rudy!“, rief Sophie. „Was macht der hier so ganz allein?“ Fröhlich bellend sprang der Dackel an seiner Freundin hoch. „Rudy, wo ist Opa Walter? Bist du wieder abgehauen, du Schlingel?“

Suchend blickten die drei sich um. Sophie nahm Rudys Leine in die Hand und schaute den kleinen Hund an. „Du weißt, wo er ist, nicht wahr? Dann such, Rudy! Such Opa Walter!“

Als hätte der Dackel sie verstanden, zog er an der Leine und gab den Kindern die Richtung vor. „Haut er öfter ab?“, wandte Max sich an Sophie.

„Nö, aber immer mal wieder schon.“ Rudy führte die drei den Weg hinunter. An einer steinernen Brücke machte er halt und sah sie erwartungsvoll an. Laute Stimmen drangen unter der Brücke zu den Kindern hervor.

„Mach deine krummen Geschäfte alleine, Harry! Oder noch besser: Lass sie endlich bleiben! Haben die Jahre im Kittchen dir nicht gereicht?“

„Wen interessieren denn die alten Geschichten? Ich geb dir ein paar Stunden Bedenkzeit, weil du mein Cousin bist. Und dann hast du hoffentlich deine Meinung geändert. Wir sehen uns!“

Ein Mann eilte die Böschung hinauf in Richtung der Kinder. Unter buschigen Augenbrauen hervor sah er sie böse an. „Was glotzt ihr denn so? Aus dem Weg!“

Matti stolperte und wurde grob zur Seite geschubst, als der Mann an ihm vorbeilief. Rudy stieß ein tiefes Knurren aus.
„Puuuh! Mit dem ist ja nicht gut Kirschen essen“, murmelte Sophie und hielt Rudys Leine fest. „Alles okay, Matti?“
„Ja, alles klar. Seht mal! Der Grobian hat beim Anrempeln was verloren.“ Er bückte sich und hob einen gelben Notizzettel auf. „Da steht was drauf!“
Max und Sophie wollten gerade einen Blick auf das Papier werfen, als erneut jemand die Böschung herauf eilte. Schnell stopfte Matti den Zettel in seine Jackentasche.
„Rudy? Ach, Rudy, wo bist du, mein Junge?“ Der kleine Dackel spitzte die Ohren und begann, wie wild an der Leine zu ziehen. Die drei drehten sich um.
Mit gerötetem Gesicht und ganz außer Atem kam Opa Walter den Weg hoch. Dann blieb er erstaunt stehen. „Kinder? Das ist aber eine Überraschung! Ihr habt ja meinen kleinen Ausreißer eingefangen. Ich danke euch!“ Erleichtert atmete Opa Walter tief durch.
Er nahm Sophie die Leine ab und hob den bellenden Rudy hoch. „Ist schon gut, mein Kleiner. Ich kann verstehen, dass du lieber woanders hin wolltest bei all dem Geschrei.“ Dann wandte er sich an die Kinder. „Entschuldigt bitte! Ich habe gleich einen Termin und muss los. Kommt uns aber bald wieder besuchen, ja?“
„Klar, machen wir, Opa Walter“, antwortete Sophie. „Ich gehe jetzt mit den Jungs zum *Wollman Rink* Schlittschuhlaufen.“
„Was für eine tolle Idee! Ich wünsche euch viel Spaß, und bis bald!“

Max sah den beiden nachdenklich hinterher. „Habt ihr auch gehört, was Opa Walter Rudy zugeflüstert hat? Und dieser fiese Typ soll sein Cousin sein?“
Sophie rümpfte die Nase beim Gedanken an den unangenehmen Mann. „Ich wusste gar nicht, dass er einen Cousin hat.“
„Es erzählt ja auch keiner gerne vom schwarzen Schaf der Familie, oder?“, warf Matti ein.
„Kann sein. Vielleicht weiß meine Mama mehr. Aber jetzt lasst uns weitergehen, ich will endlich aufs Eis!“
Max grinste Matti an und gab ihm einen kleinen Schubs. „Na los, du Held! Du machst das schon.“ Zu spät sah er den Schneeball, der als Antwort auf ihn zuflog.

Keine halbe Stunde später standen die zwei Freunde an der Bande des *Wollman Rinks*. In klarem Weiß hob sich die Eisbahn von der Parklandschaft ab und gab den Blick frei auf die gewaltigen Hochhäuser New Yorks. „Das nenne ich eine Aussicht, was?“, rief Matti. Max nickte und starrte weiter die Skyline an. „Hey, Erde an Max! Aufwachen! Lass uns ein Selfie für Vicky machen. Die wird staunen.“
Die Jungs grinsten um die Wette in die Handy-Kamera. Max streckte seinen Arm aus, um neben den dicken Mützen auch noch etwas von New York auf dem Bild einzufangen. Dann schickte er das Foto nach Berlin.
„Okay, jetzt los aufs Eis! Sophie dreht schon ihre Runden.“ Bewundernd sah Matti zu, wie das Mädchen in eleganten Bewegungen über die Fläche glitt. Mit kleinen Schritten hangelte er sich in den gemieteten Schlittschuhen an der Bande entlang auf die Eisbahn.

Max betrat das Eis und bot Matti seine Hand an. „Komm schon! Schlittschuhlaufen ist eine Sache des Gleichgewichts, da kann ich dir erst mal helfen."

Matti hob empört die Augenbrauen und schüttelte den Kopf. „Hallo? Das wäre ja so was von peinlich. Ich krieg das schon hin."

Max rieb sich über die Sommersprossen auf der kalten Nase und

sah zu, wie sein Freund das Eis betrat. Mit wackeligen Beinen setzte Matti einen Fuß vor den nächsten und hielt sich an der Bande fest. Sophie, die gerade eine Runde gedreht hatte, bremste scharf ab.

„Hey, Matti! Warum hast du denn nicht gesagt, dass du das erste Mal auf Schlittschuhen stehst?"

Max räusperte sich laut und schüttelte den Kopf. Doch Matti hatte ihre Worte gehört. „Pffff, natürlich kann ich das. Schaut her!", rief er den beiden zu und stieß sich vom Rand ab. Mit wedelnden Armen segelte er über das Eis.

Sophie sah Max ungläubig an. „Witziger Typ, dein Freund, echt wahr!"

„Ja, das stimmt! Total lustig, aber leider auch sehr ungeschickt."

Die drei blieben auf der Bahn, bis sie ihre Füße vor Kälte kaum noch spürten. Nur Matti war weiterhin warm. Unzählige Male landete er auf dem Hosenboden und stand wieder auf. Ein Dutzend Kinder jubelten seinen ulkigen Kunststücken zu, und ein kleiner Junge rief: „Schaut mal, da ist ein Clown auf dem Eis!"

Max grinste. „Na, da werden deine kleinen Fans jetzt aber enttäuscht sein, dass die Show vorbei ist."

„Du bist ja nur neidisch, dass du meinen einmaligen Stil nicht drauf hast", antwortete Matti und winkte den Kindern zu.

Sophie kicherte hinter den zwei Freunden. „Vielleicht gibst du ihnen noch eine Zugabe. So als kleines Trostpflaster?"

„Klar, mach ich. Passt auf! So was habt ihr noch nicht gesehen!"
„Ich weiß nicht, ob das so eine gute Idee ist", murmelte Max, während sein Freund unbeholfen Anlauf nahm.
„Kinder, schaut her, nur für euch, das große Finale!" Matti setzte zum Sprung an. Sein rechter Fuß rutschte weg, und ehe er sich versah, drehte er sich mehrmals um die eigene Achse und landete hart auf dem Eis. Die Zuschauer schrien auf, während Matti regungslos liegen blieb. Sein Handgelenk lag unter ihm und schmerzte. Er hörte, wie Max und Sophie nach ihm riefen. Vorsichtig kniete er sich hin und stand auf. Noch etwas wackelig auf den Beinen, verbeugte er sich vor den Kindern. Ein Jubeln und Klatschen ertönte.
„Oh Mann, alles okay?", fragte Max, der herbeigeeilt war.
„Ja, mein Handgelenk tut etwas weh, ist aber bestimmt nichts Schlimmes", brummte Matti. „Was bin ich doch für ein alter Tollpatsch. Voll peinlich."
„Das war doch aber supernett von dir, was du für die Kinder gemacht hast", tröstete ihn Sophie. „Willst du mir dein Handgelenk mal zeigen?"
„Okay. Ist aber bestimmt nicht so schlimm." Matti zog seinen Handschuh aus.
„Also ich finde schon, dass es etwas geschwollen aussieht. Kannst du's denn noch bewegen?" Matti probierte es aus. „Ja, das geht. Piekst nur leicht. Und mir ist kalt."
Sophie überlegte und schaute über die Bäume des Parks hinweg zu den Hochhäusern Manhattans. „Ich hab's! Wir gehen zu Miss Gloria!"

6. Kapitel

Glanz und Gloria

„Miss Gloria?“, fragte Max und half Matti vom Eis.

„Ja, sie ist eine alte Freundin der Familie und wohnt direkt hier am Park.“ Die Kinder gaben ihre Schlittschuhe ab und liefen durch die verschneite Winterlandschaft. Von den Bäumen rieselte Schnee auf ihre Köpfe.

„Hey Sophie, wir können nicht einfach zu dieser Gloria gehen“, wandte Max ein. „Die kennt uns doch gar nicht.“

„Euch vielleicht nicht, aber mich schon mein ganzes Leben. Bestimmt freut sie sich, wenn wir kommen.“

Ein Schnauben hallte durch die klare Luft. Sophie drehte sich um und zog die Freunde zur Seite. „Macht mal Platz, da kommt die Polizei!“ Überrascht sahen die Jungen nach hinten.

„Ich glaub, mich laust der Affe! Ein Pferd mitten in New York? Wo gibt’s denn sowas?“ Matti schüttelte den Kopf.

Eine Polizistin näherte sich hoch zu Ross und nickte den Kindern freundlich zu. „Hallo, Officer Jones, hallo, Brooklyn!“, rief Sophie und winkte, als Pferd und Reiter sie überholten.

Max riss die Augen auf. „Du kennst die persönlich?“

„Nicht wirklich. Aber die berittene Polizei, die Mounted Police, hat uns schon mal in der Schule besucht. Brooklyn, das ist das Pferd von Officer Jones, durften wir als einziges streicheln. Nicht alle Polizeipferde mögen es nämlich, angefasst zu werden.“

„Voll cool!“ Mit großen Augen sah Matti den beiden hinterher.
Sophie zog ihre Mütze tiefer ins Gesicht. „Puuh, ist das kalt. Kommt mit! Gleich sind wir an der *Millionaire's Row*.“
„Wo sind wir gleich?“ Max steckte die Hände tiefer in seine Anoraktaschen. Ein frostiger Wind blies den Kindern entgegen, als sie den Park verließen.
„An der *Millionaire's Row*. Die Gegend heißt so, weil hier die Reichsten der Reichen leben“, erklärte Sophie und zeigte auf die imposanten Häuser auf der anderen Straßenseite.
Max horchte auf. „So was wie die oberen Zehntausend also?“
Das Mädchen nickte und überquerte an der nächsten Ampel mit den beiden Freunden die Straße. „Ist es noch weit?“ Matti hielt sich das Handgelenk.
„Wir sind schon da.“ Sophie lief zur Eingangstür eines herrschaftlichen Gebäudes.
Max blieb stehen. „Was, hier? An der *Millionaire's Row*? Da lässt man uns doch nie im Leben rein!“
Sophie zuckte nur mit den Schultern und ging auf den Doorman zu. Der lächelte freundlich und öffnete den Kindern die Tür. Matti und Max trauten ihren Augen nicht. Sie stolperten hinter ihrer Freundin in eine große Eingangshalle. Ihre nassen Schuhe quietschten auf dem blanken Marmorboden, als sie durch den Empfangsbereich zu den Fahrstühlen liefen.
„Du bist nicht das erste Mal hier, oder?“, fragte Max, während Sophie vor einem der Aufzüge anhielt und einen Code eintippte. Sie schüttelte den Kopf.
„Junge, Junge, wo gibt's denn sowas?“, meinte Matti. „Ein Code, das ist ja wie in einem Agentenfilm.“

Sophie lachte und gab den Freunden einen kleinen Schubs hinein in den Fahrstuhl. „Los, ihr zwei! Cool bleiben."
Wenige Augenblicke später hielt der Aufzug direkt in der Wohnung an. Matti und Max kniffen die Augen zusammen. Die Helligkeit des Raumes, der sich nun vor ihnen öffnete, blendete sie. Hohe Decken, kunstvolle Leuchter, Ledersessel und Glastische – alles war weiß. Es glitzerte und glänzte. „Wo sind wir hier?", flüsterte Max Sophie zu, die fröhlich aus dem Aufzug hüpfte.
„Na, bei Miss Gloria natürlich. Jetzt kommt schon! Ziert euch nicht so! Sie ist wahnsinnig nett!"
Die beiden Freunde tauschten Blicke aus und seufzten. Dann folgten sie dem Mädchen aus dem Fahrstuhl hinaus. Die Duftwolke eines Parfums zog durch den Raum, und Sophie sah sich um.
„Passt auf, gleich kommt Miss Gloria!" Und tatsächlich, eine ältere Dame betrat das Zimmer und eilte mit offenen Armen auf Sophie zu. Ihre weißen Haare waren kunstvoll hochgesteckt, sie trug ein seidenes Kleid und war kaum größer als die Kinder.
„Oh, was für eine schöne Überraschung!" Fest drückte sie das Mädchen an sich. Dann fiel ihr Blick auf die zwei Jungen, die etwas verloren daneben standen. „Möchtest du mir deine Freunde nicht vorstellen?"
„Doch, natürlich! Das sind Matti und Max. Sie sind gerade zu Besuch aus Deutschland hier in New York."
„Herzlich willkommen im Big Apple, ihr beiden. Schön, euch kennenzulernen."
„Wir freuen uns auch, Sie kennenzulernen, Miss Gloria", antwortete Matti, während Max betreten auf die Spuren blickte, die seine Stiefel auf dem Holzboden hinterlassen hatten.

„Mach dir nur keine Gedanken wegen des Bodens, Kind!“, beruhigte ihn Miss Gloria. „Der ist schnell aufgewischt. Und meine Teppiche sind gerade heute von der Reinigung abgeholt worden. Schlüpft einfach aus den Wintersachen und hängt sie in den Wandschrank am Aufzug.“

Max half Matti aus der Jacke. Verwundert schaute Miss Gloria den beiden zu. „Was ist denn mit deiner Hand, junger Mann?“, fragte sie Matti.

„Ist nicht so schlimm, echt nicht“, stammelte dieser und hielt sich das Handgelenk.

„Matti ist blöd aufs Eis gestürzt“, erklärte Sophie. „Wir waren nämlich Schlittschuhlaufen am *Wollman Rink*. Und da hab ich gedacht, wir kommen am besten zu dir, weil du ja sozusagen um dic Ecke wohnst.“

„Ach, du liebe Güte! Du armer Junge! Gut, dass ihr zu mir gekommen seid. Wir suchen jetzt erst mal Agatha, Matti. Sie ist meine Sekretärin und glücklicherweise sehr praktisch veranlagt. Deine Hand wird sie im Nu verbunden haben.“

Miss Gloria ging zügig voraus. Die Kinder folgten ihr in kurzem Abstand. Eine Schwingtür führte in einen langen Flur. Filmplakate aus längst vergangenen Zeiten schmückten die Wände. Auf jedem Bild entdeckten die Jungs eine schöne Schauspielerin mit roten Haaren. „Max?“, zischte Matti seinem Freund zu, „das ist Miss Gloria, oder?“

„Klar! Schau mal, ihr Name steht doch überall drauf“, flüsterte Max. „Wow! Sie hat echt mit den ganz Großen zusammengearbeitet!“

Sophie drehte sich zu den beiden um. „Los, ihr zwei! Wir warten schon.“

Während Matti von Agatha versorgt wurde, führte Miss Gloria Max und Sophie in ihre Küche. „Wow! Die ist ja riesig!", staunte Max und sah sich in dem Raum um. „Wozu brauchen Sie drei Backöfen und einen gläsernen Kühlraum?"
Miss Gloria schmunzelte. „Ja, man könnte meinen, ich sei ein großer Koch, nicht wahr? Aber so ist es keineswegs. Herrjeh, ich weiß gar nicht, wann hier zuletzt so richtig gekocht wurde. Aber früher haben wir rauschende Feste gefeiert. In den Backöfen wurde das gelieferte Essen warmgehalten, und an der Theke, an der ihr jetzt sitzt, wurden Cocktails für die New Yorker High Society gemischt. Der Kühlraum war gefüllt mit Champagner, Hummer, Scampi und feinen Häppchen."
Miss Gloria sprach weiter und holte Milch aus dem Kühlraum. „So, nun aber genug von den alten Zeiten! Ich mache euch erst mal was zum Aufwärmen. Und auch wenn ich nicht wirklich kochen kann, meine Hot Chocolate mit Mellows ist ein Gedicht."
Max riss die Augen auf. Marshmallows in heißer Schokolade? Sophie neben ihm lächelte. „Mellows sind ganz kleine Marshmallows. Sie sind super lecker, schwimmen oben auf dem Kakao, und wenn du sie in den Mund bekommst, schmelzen sie dir auf der Zunge."
„Oh, die will ich auch probieren!" Max und Sophie drehten sich um. In der Küchentür stand kein anderer als Matti. Das Handgelenk verbunden, strahlte er seine Freunde an. „Alles okay, meint Agatha. Nur ein wenig verstaucht. Mit Salbe und Verband dürfte es schnell heilen." Er setzte sich neben Max an die Theke.
„Das freut mich für dich", sagte Miss Gloria und goss die dampfende Milch in drei Becher. Großzügig rührte sie Kakao hinein und streute eine kleine Handvoll Mellows darauf.

„Mmmh, das duftet aber lecker nach heißer Schokolade!“ Matti seufzte glücklich auf, als Miss Gloria ihm sein Getränk reichte. „Da geht’s mir gleich viel besser.“
Max nahm einen kleinen Schluck vom Kakao. „Köstlich, diese Mellows!“ Seine grünen Augen strahlten.
„Ja, schmeckt richtig gut, Miss Gloria“, lobte Sophie und wärmte sich am Becher die Hände.
„Das freut mich, ihr Lieben. Wie sieht’s aus? Habt ihr auch noch Hunger? Dann bestellen wir euch Essen.“
Sophie schüttelte den Kopf. „Nein, danke, das ist nicht nötig. Wir wollen gleich los und holen uns unterwegs was auf die Hand.“
Die alte Dame lächelte sie an und nickte. „Natürlich. Aber kommt mich bald wieder besuchen, wenn ihr Zeit habt. Es ist so schön, etwas Leben in der Bude zu haben.“
„Ist sie denn sehr groß, Ihre Wohnung, Miss Gloria?“, fragte Matti und schlürfte den letzten Schluck heiße Schokolade aus seinem Becher. Max gab ihm unter der Theke einen Tritt gegen das Schienbein. „Mann, sei nicht so neugierig!“, flüsterte er seinem Freund zu.
Aber Matti sprach unbeirrt weiter. „Zeigen Sie uns noch Ihr Zuhause? Ich finde es immer spannend zu sehen, wie die Leute so leben.“
Entsetzt schüttelte Max den Kopf, doch Miss Gloria lachte nur laut auf. „Du bist wirklich herzerfrischend, mein Junge.“

7. Kapitel

Kleckskunst

„Wenn ihr fertig seid, starte ich mit euch eine kleine Tour", erklärte Miss Gloria und brachte die Milch zurück in den Kühlraum.
Max drehte sich zu seinem Freund um. „Echt, Matti! Das ist mir ja schon ein bisschen peinlich mit dir."
„Ach, Quatsch", unterbrach ihn Sophie und wippte auf ihrem Hocker. „Das kennt Miss Gloria doch. Manchmal bekommt sie sogar Besuch von Zeitungsmenschen."
„Ja, allerdings", bestätigte die alte Dame. „Heute Nachmittag kommt das Team einer bekannten Kunstzeitschrift vorbei." Sie schloss die Tür des Kühlraums und trat zur Theke. „Wie sieht's aus, seid ihr soweit?"
Die Kinder standen auf und liefen hinter Miss Gloria aus der Küche. Matti und Max staunten. Wofür es hier alles Zimmer gab: ein Empfangszimmer, Schlafzimmer mit Kamin, Schminkzimmer, Badezimmer mit Kronleuchtern, eine Bibliothek und sogar ein kleines Kino mit Popcornmaschine. „He, Max", flüsterte Matti seinem Freund zu. „Hast du so was schon mal gesehen? Selbst die begehbaren Wandschränke sind größer als mein Kinderzimmer in München!"
„Psssst, nachher!", zischte Max und hielt den Zeigefinger an die Lippen.
Vor ihnen öffnete die Schauspielerin eine Flügeltür und trat in das nächste Zimmer. „Dies, Kinder, ist mein Lieblingsplatz."

Matti und Max trauten ihren Augen nicht. „Wow! Von hier sieht man ja über den ganzen *Central Park*!“, rief Max begeistert aus und blieb vor einem der Fenster stehen. „Ich kann verstehen, dass Sie hier am liebsten sind.“
„Ja, es ist total schön hier“, stimmte Matti seinem Freund zu und drehte sich einmal im Kreis. Vom großen Kamin, dessen Sims duftende Tannenzweige schmückten, zur hohen Decke und einer Couch voller Samtkissen, wie gemacht, um sich reinplumpsen zu lassen. Sein Blick blieb an einer der Wände hängen. „Tolle Klecksbilder, Miss Gloria! Das hat Ihnen bestimmt Spaß gemacht, oder?“
Sophie prustete los: „Du bist vielleicht witzig, Matti! Die sind doch von Jackson Pollock! Das ist ein berühmter Maler.“
Matti runzelte die Stirn. „Diese Kleckskunst soll von einem berühmten Maler sein? Du veralberst mich, oder?“
„Das nennt man Action Painting“, erklärte Max. „Ich hab mal einen Film gesehen, wie Jackson Pollock diese Bilder gemacht hat. Da lag eine große Leinwand auf dem Boden, und er tunkte einen Holzstab in die Farbe und ließ sie einfach drauf tropfen. Oder er bohrte ein Loch in die Farbdose, und die Farbe floss einfach aufs Bild. Manchmal war es wenig, dann wieder mehr, und Pollock ging für die Muster dabei hin und her. Drip Painting nennt man das, glaub ich, oder getropfte Malerei. Seine Schuhe sahen danach vielleicht aus: total mit Farbe beschmiert!“
„Du kennst dich gut mit Kunst aus, mein Junge.“ Miss Gloria nickte Max anerkennend zu.
Matti neigte den Kopf zur Seite und betrachtete nachdenklich das größte der Kunstwerke. „Gehört es zum Stil dieses Malers, dass das Gemälde schief an der Wand ist?“

Miss Gloria stellte sich neben Matti und folgte seinem Blick. „Meine Güte, du hast völlig recht. Das Bild hängt nicht gerade.“ Die alte Dame schüttelte den Kopf.
„Wie gut, dass im Haus Kameras hängen, oder Miss Gloria?“, meinte Sophie. „Da kann mit der Kunst nichts passieren. Sollen wir helfen, es gerade zu rücken?“
„Nein, schon gut.“ Sie winkte lächelnd ab. „Ich gebe gleich Agatha Bescheid. Sie wird das richten, bevor später die Leute von der Zeitschrift kommen.“
In dem Moment knurrte ein Bauch laut durch den Raum. Max sah Matti an und grinste. „Zeit, was zu essen.“
„Ja, tut mir leid. Ich find’s echt toll hier, aber jetzt hab ich Hunger.“
„Da brauchst du dich nicht zu entschuldigen, mein Junge. Versprecht mir einfach, dass wir uns noch mal sehen, solange ihr in New York seid!“, bat die alte Dame.
„Klar, Miss Gloria.“ Matti und Max nickten.
„Dann jetzt aber: Abmarsch, Kinder! Sonst müsst ihr doch noch meine Kochkünste ertragen, und das kann ich euch wirklich nicht empfehlen.“

Ein paar Schneeflocken tanzten durch die Luft, als die drei wenig später das Haus verließen. Sophie lief zügig den breiten Bürgersteig der *5th Avenue* hinunter. Matti und Max folgten kurz dahinter.
„Sag mal, Sophie, wann essen wir denn jetzt was?“, fragte Matti und knabberte an seiner Unterlippe.
„Gleich. Versprochen! Es sind nur noch ein bis vier Häuserblocks.“
„Du weißt aber schon, wo wir hingehen, oder?“ Verwundert sah Max seine neue Freundin an.

„Klar. Aber die sind halt jeden Tag woanders."
Schweigend folgten Matti und Max dem Mädchen. Die? Immer an einem neuen Platz? Was bedeutete das? „Mensch, jetzt zieht doch nicht solche Gesichter! Ich lass euch schon nicht verhungern. Seht ihr den bunten Sonnenschirm da vorne? Da bekommt ihr was zu essen."
Matti und Max sahen einander sprachlos an. Sonnenschirm? Mitten im Winter und während es schneite?
„Oh super, das ist einer meiner Lieblingsstände!", rief das Mädchen und hüpfte voraus.
Matti blieb kurz stehen, dann weiteten sich seine Augen. „Ja, cool! Da gibt's Hot Dogs. Mmmmh, ich liebe diese Würstchen!"
Sophie stand schon in der Schlange, als die Freunde den Wagen aus Edelstahl erreichten. „Na, Jungs, was wollt ihr denn? Also, ich nehme einen mit allem drauf: Ketchup, Senf, Relish und Zwiebeln."
„Hört sich gut an. Aber was ist Relish?", fragte Max, während er zusah, wie der Verkäufer die Würstchen zubereitete und hinter dem heißen Dampf des Kochwassers fast verschwand.
„Relish ist so eine grüne Soße, hauptsächlich sind da geraspelte Essiggurken drin. Schmeckt süß-sauer. Probier's ruhig mal!", erklärte Sophie.
Matti lief das Wasser im Mund zusammen. „Also ich nehm mindestens zwei Hot Dogs mit allem. Aber nur, weil ich nicht mehr in der Hand halten kann. Und danach stelle ich mich wieder an und hole Nachschub."

Mit gelb-rot verschmierten Mündern machten die Kinder sich nach dem Essen auf den Weg zurück

nach *Midtown*. Matti lächelte vor sich hin. Drei Hot Dogs hatte er mit großem Appetit vertilgt.
Gut, dass es nun nicht mehr weit nach Hause war, denn der eisige Wind ließ den Kindern vor Kälte die Augen tränen. „Gleich sind wir da. Schaut mal, da, wo der Lieferwagen steht, ist schon unser Eingang."

Ein Mann eilte aus dem Haus und stieg in den Wagen. Das Knallen der Autotür hallte durch die Straße. „Mannomann, da ist aber einer sauer!", meinte Matti kopfschüttelnd.
„Sag mal, Sophie, kam dir der Typ gerade nicht auch bekannt vor?", fragte Max und sah sie von der Seite an. Mit gerunzelter Stirn beobachtete das Mädchen, wie der Mann versuchte, mit dem Lieferwagen auszuparken.
„Ja. Ich könnte wetten, dass das dieser fiese Harry war. Armer Opa Walter, hoffentlich war er noch bei seinem Termin und nicht zu Hause."
Matti lief näher heran, um die Aufschrift am Wagen besser lesen zu können. „Schaut mal: City Carpet Cleaners! Der arbeitet für eine Teppichreinigung. Vielleicht war er gar nicht wegen Opa Walter hier." Der Motor des Lieferwagens heulte auf.
„Was für ein Spinner!", rief Max. „Komm lieber weg vom Bordstein, Matti! Wer weiß, was da noch ..."
Die Reifen des Lieferwagens drehten quietschend durch, und das Fahrzeug preschte vor auf die Straße. Schneematsch spritzte nach allen Seiten. Mit einem Sprung versuchte Matti, sich vor der Dreckschleuder zu retten. Zu spät.

8. Kapitel

Ein geheimnisvoller Zettel

Matti wischte sich den Schneematsch vom Gesicht und öffnete die Augen. Vor ihm standen Max und Sophie und starrten ihn an. Dieser blöde Harry hatte ihn voll erwischt. „Mann! Ich sehe aus wie ein lebendiges Action Painting. So ein Mist!“

Max prustete los. „Entschuldige, Matti, aber du bist der Wahnsinn, ehrlich. Total das tropfende Kunstwerk!“

„Ach was, hör nicht auf ihn!“, warf Sophie ein. „So ein Idiot, dieser Harry.“

Molly staunte nicht schlecht, als sie den Kindern einige Minuten später die Tür öffnete. „Um Himmels willen, Junge! Was ist denn mit dir passiert? Schnell rein ins Warme mit euch! Sofort raus aus dem nassen Zeug! Ich kümmere mich gleich um die Flecken.“

„Ach, Molly!“, sagte Sophie. „Du bist einfach die Beste!“

„Schon gut. Du gehst mit Max schon mal ins Wohnzimmer. Ich mach euch gleich den Kamin an, wenn ich mich um Matti gekümmert habe.“

Molly hielt Wort, und schon bald knisterte ein Feuer im Kamin. Der bunt geschmückte Weihnachtsbaum in der Mitte des Zimmers erfüllte die Luft mit Tannenduft. Drei riesige Socken zierten den Kaminsims. Helen, Sophie und Molly – auf jedem roten Strumpf war ein Name aufgestickt.

„Warum hängt ihr in Amerika eigentlich Socken an den Kamin?"
Sophie sah Max erstaunt an. „Du meinst die Christmas Stockings?"
Er nickte.
„Das ist so eine Tradition", erklärte Sophie. „Die Kinder glauben, dass Santa Claus, also der Weihnachtsmann, in der Weihnachtsnacht durch den Kamin kommt und ihre Socken mit Geschenken füllt. Als Dank stellen sie ihm Kekse und ein Glas Milch auf den Sims."
Max runzelte die Stirn. „Wieso in der Nacht? Wann feiert ihr denn Weihnachten?"

„Na, am 25. Dezember, dem Weihnachtsmorgen natürlich."
„Was?", rief eine Stimme. Max und Sophie drehten sich überrascht um. Es war Matti. Sauber und trocken ließ er sich neben den beiden auf die Couch plumpsen. „Da müsst ihr ja immer ewig warten. Bei uns wird schon an Heiligabend mit Geschenken gefeiert."
„Am Christmas Eve?", fragte Sophie erstaunt.
„Ja", meinte Max, „aber während auf uns dann am nächsten Morgen keine Überraschung mehr wartet, hast du die Bescherung noch vor dir. Das ist doch auch schön."
„Ja, da hast du recht", stimmte Sophie ihm zu.
Der Duft von frisch gebackenen Keksen zog durch den Raum. Matti drehte sich um und sah Molly kommen. Auf ihrem Tablett trug sie einen Teller mit Gebäck und drei Gläsern Milch.
Sophie strahlte sie an. „Oh, Chocolate Chip Cookies! Lecker!"
„Nach der Kälte da draußen braucht ihr doch eine Stärkung." Molly reichte den Kindern die Kekse. „Greift zu!" Das ließen sich die drei nicht zweimal sagen. Mit vollen Backen wandte sich Matti an die Haushälterin. „Dasch schiend die beschden Kekssche, die isch je gegeschen hab!"
Max stieß seinen Freund von der Seite an und kicherte. „Schluck doch erst mal runter, echt! Sind aber wirklich super, deine Cookies, Molly! Und die Schokostückchen im Keks, eine Wucht! Vielen Dank!"
„Das freut mich, Kinder", sagte Molly und lächelte. „Bevor ich es vergesse: Ich habe vor dem Waschen etwas in deiner Jackentasche gefunden, Matti. Nicht, dass du es nachher suchst."
Erstaunt nahm Matti einen zerknitterten gelben Zettel entgegen. „Das ist doch der von vorhin", zischte Max ihm zu. Matti strich das Papier glatt. Natürlich. Den hatte dieser Harry im Park verloren.

„Danke, Molly“, sagte er.
„Gern geschehen, mein Junge. Na, dann lass ich euch mal wieder allein. Wenn ihr was braucht, meldet euch einfach.“
Die Kinder nickten geistesabwesend. Sie hatten ihre Köpfe tief über den Zettel gebeugt, der vor ihnen auf dem Couchtisch lag.

Nach einiger Zeit sah Matti auf und schüttelte den Kopf. „Ich weiß ja nicht, wie es euch geht, aber ich versteh nur Bahnhof.“
Max runzelte die Stirn. „Scheint ein gefragter Typ zu sein, dieser Harry. Sind ganz schön viele Frauen, die sich da mit ihm verabreden wollen.“
„Und immer sind Ort und Datum des Treffens notiert“, warf Sophie ein. „Ganz abgesehen von der Uhrzeit.“
Max schlug sich mit der Hand gegen die Stirn. „Stimmt! Bei euch schreibt man ja den Monat vor dem Tag. Und 11AM ist hier in Amerika vormittags um 11 Uhr. Während 3PM nachmittags 15 Uhr wäre. Herrjeh, die Frauen tun mir jetzt schon leid.“
Matti sah Sophie und Max ungläubig an. „Pfffff. Das sind doch keine Dates. Wer will sich denn mit dem fiesen Typen treffen? Außerdem sind die Termine tagsüber.“
„Ich kann mir auch nicht vorstellen, dass jemand den nett findet“, stimmte Sophie ihm zu.

„Ja, aber was bitte soll der Zettel dann? Es werden sicher keine Geburtstage sein, die er sich da notiert hat." Ratlos sahen die Kinder einander an.
„Wisst ihr, was wir machen? Wir schicken Vicky ein Foto davon nach Berlin. Die freut sich bestimmt, wenn sie außer Selfies auch mal etwas anderes von uns bekommt. Und ich wette, ihr fällt über kurz oder lang etwas dazu ein." Max holte sein Handy hervor und fotografierte den Zettel.
Sophie hob die Augenbrauen. „Wer ist Vicky?"
„Das ist eine Freundin in Berlin. Sie sieht übrigens ein bisschen aus wie Harry Potter."
„Quatsch!", unterbrach ihn Max. „Das stimmt überhaupt nicht."
„Doch, finde ich schon. Sie hat genau so einen wilden Pony und fast die gleiche Brille. Aber sie ist auch total schlau und ..."
„Okay, okay, Jungs. Dann schickt ihr mal das Bild! Aber erst später. Ich habe gerade Mama und Magnus gehört. Die möchten bestimmt hören, wie unser Tag war."

Nach dem Abendessen saßen alle zusammen am Tisch, als das Telefon klingelte. Da Molly sich bereits verabschiedet hatte, stand Helen auf und ging in den Flur, um das Gespräch anzunehmen. Magnus blieb bei den Kindern sitzen und schenkte jedem ein Rootbeer ein.
„Du, Magnus ... Ich mag kein Malzbier", wandte Max ein.
„Probier erst mal, okay? Ist kein Malzbier."
Matti rollte mit den Augen. Die beiden hoben die Gläser an und kosteten das dunkelbraune Getränk. „Mmmmmh!", meinte Matti und trank in großen Schlucken weiter.

Max setzte sein Glas ab. „Schmeckt ein bisschen wie Kaugummi."
„Ja, köstlich!" Matti leckte sich über die Lippen.
Sophie hatte ihr Glas zur Hälfte geleert und sah, wie Max sein Getränk wegschob. „Du musst mal ein Rootbeer Float probieren. Da schwimmt dann noch Vanilleeis oben drauf. Das schmeckt dir bestimmt."
Max riss die Augen auf. „Echt jetzt? Schon ein bisschen verrückt, oder?"
„Also, ich koste das gerne," sagte Matti begeistert. Sophie stand auf und holte das Eis, als Helen in die Küche zurückkehrte. Mit ernster Miene setzte sie sich an den Tisch. „Mama, was ist denn? Wer war am Telefon?"
„Ach, Kinder, es ist furchtbar. Das war Miss Gloria. Sie hatte heute Nachmittag Besuch von den Mitarbeitern einer Kunstzeitschrift."
„Aber das wissen wir doch, Mama. Das hat sie uns vorhin erzählt."
„Lass mich bitte ausreden, Sophie! Die Leute haben sich die Bilder natürlich genau angesehen. Miss Gloria sagte, euch Kindern wäre schon aufgefallen, dass ein Gemälde schief hing. Ach, es ist einfach entsetzlich!"
Magnus reichte Helen ein Glas Wasser, und sie trank dankbar einen Schluck.
„Mama, was meinst du damit? Ist was mit dem Kunstwerk von Jackson Pollock?"
Helen atmete tief durch. „Ach, Kinder. Das Bild, das jetzt an der Wand hängt, ist kein Pollock, sondern eine Fälschung. Unsere liebe Freundin Miss Gloria wurde Opfer eines Kunstraubes."

9. Kapitel

Zwei Löwen und ein schwarzes Schaf

„Das ist nicht wahr!“, rief Sophie aus.

„Ich fürchte, doch“, erklärte Helen. „Inzwischen wurde die Fälschung von der Polizei gründlich untersucht. Es gibt nicht den geringsten Zweifel. Arme Miss Gloria! Dieses Bild war ein Vermögen wert.“

Matti schlug mit der Hand auf die Tischplatte, und sein Rootbeer schwappte fast über. „Das ist so was von gemein. Eine nette alte Dame zu beklauen.“

Für kurze Zeit sagte keiner ein Wort. Max kratzte sich am Kopf, und die roten Haare standen ihm zu Berge. „Ich versteh's nicht. Das Gebäude ist mit Codes, Kameras und allem Schnickschnack ausgestattet. Im Übrigen ist das Bild riesig. Völlig unmöglich, es einfach so zu klauen!“

„Du hast recht, mein Junge“, warf Helen ein. „Die Polizei steht hier vor einem Rätsel. Wie das Gemälde unbemerkt aus dem Haus verschwinden konnte, kann sich keiner erklären. Aber nun genug davon. Lasst uns lieber wieder auf andere Gedanken kommen.“

Sophie blickte über den Tisch hinweg zu Matti, der den gelben Zettel vor sich ausgebreitet hatte und versuchte, ihn glatt zu streichen. Na klar, sie hatte ihre Mutter ja noch etwas fragen wollen. „Mama, hast du schon mal von einem Harry gehört? Opa Walters Cousin?“

„Ach, Sophie! Wie kommst du denn auf den?“

„Du kennst ihn, Mama?“ Helen seufzte auf und nickte. „Ja, leider. Wisst ihr, Kinder, so nett Opa Walter ist, sein Cousin ist ein echter

Gauner. War er schon immer. Das schwarze Schaf der Familie. Ich habe Harry lange nicht mehr gesehen. Opa Walter und er verstehen sich nicht besonders gut. Inzwischen verbringt er mehr Zeit im Kittchen als in Freiheit. Wie kommt ihr überhaupt auf ihn?“
Matti ließ den Zettel in seiner Hosentasche verschwinden. „Ach, nur so. Wir sind ihm und Opa Walter heute im *Central Park* begegnet. Die zwei haben sich ziemlich laut gestritten.“
Max streckte sich und gähnte laut. „Uahhh! Mannomann, bin ich müde nach dem Tag. Ich glaub, ich geh langsam ins Bett. Und du, Matti?“
Sein Freund, der das Zeichen verstanden hatte, rieb sich über die Augen. „Ja, ich bin fix und fertig.“
„Okay, dann steh ich jetzt auch auf“, schloss sich Sophie den Jungen an und schob den Stuhl nach hinten. Verwundert sahen Helen und Magnus einander an. Was war denn plötzlich mit den Kindern los?

Die drei saßen auf dem weichen Teppich im Gästezimmer und starrten abwechselnd auf den Zettel und das Handy, das daneben lag.
„Ich finde es gut, dass wir Vicky eine Nachricht geschickt haben“, sagte Max und lehnte sich an sein Bett. „Die wird staunen, was wir heute alles erlebt haben!“
„Und ihr glaubt, ihr fällt etwas zu der Notiz ein?“, fragte Sophie. Die Freunde nickten. „Okay, aber wir müssen trotzdem auch selbst etwas unternehmen.“ Das Mädchen stupste mit ihrem Zeigefinger auf das gelbe Blatt. „Und weil wir nun mal diesen Zettel haben und morgen der 29.12. ist, werden wir der *New York Public Library* einen Besuch abstatten.“

„Was?“, rief Matti entsetzt aus. „Der Bibliothek? Ich dachte, du willst uns die geheimnisvollsten und tollsten Orte New Yorks zeigen?“
Max schüttelte den Kopf. „Lass mich raten, Sophie. Um 11 Uhr?“
Das Mädchen hob zustimmend den Daumen.
„Ach so, sagt’s doch gleich, ihr Scherzkekse. Wegen diesem Harry und seinen komischen Terminen, ich hab’s jetzt auch kapiert“, murmelte Matti und stand auf. „Also, ich bin wirklich müde. Lasst uns morgen weiter planen, okay?“
Sophie erhob sich ebenfalls. „Na klar, gute Nacht, Jungs!“ Kurz vor der Tür drehte sie sich noch einmal zu den Freunden um. „Und keine Sorge, die *New York Public Library* ist wirklich einen Besuch wert!“

Am nächsten Morgen zeigte sich die Stadt von ihrer schönsten Seite. Die Sonne strahlte vom blauen Himmel, und die Kinder liefen trotz eisiger Kälte fröhlich die *5th Avenue* entlang. Girlanden schmückten die Straße, und vor den Geschäften standen die Menschen dicht gedrängt, um einen Blick auf die prachtvoll geschmückten Schaufenster zu erhaschen.
„Lustig, man könnte meinen, morgen sei Weihnachten – all die Leute mit ihren vollgepackten Tüten. Und ich hab noch nie so viel Weihnachtsschmuck gesehen wie hier in New York nach den Feiertagen“, sagte Matti und blickte staunend die Straße hinunter.
Max nickte. „Übrigens sieht die *5th Avenue* hier völlig anders aus als bei Miss Gloria. Eher wie eine Shoppingmeile.“
„Ist ja auch so“, stimmte Sophie ihm zu. „Aber ich bin gerne hier. Am liebsten stelle ich mir vor, was sich in all den großen

Einkaufstaschen so versteckt. Komisch, dass die Bibliothek, unsere Public Library, mitten in dieser Gegend ist."

Matti seufzte laut auf. „Ich muss ja nicht unbedingt dahin. Wir können stattdessen gerne shoppen, wenn ihr mögt." Max rollte mit den Augen. „War ein Witz, Leute", sagte Matti. „Ich will natürlich auch wissen, was dieser Harry ausheckt."

„Ist nicht mehr weit", erklärte Sophie. „Nur noch zwei Häuserblocks. Wir sind ein bisschen zu früh da."

Matti und Max folgten ihr, als sie sich einen Weg durch die Menge bahnte. Aus dem Eingang eines großen Kaufhauses wehte ihnen warme Luft entgegen. Am Straßenrand standen Kunden schwer bepackt mit ihren Einkäufen und hielten Ausschau nach einem freien Taxi.

„Da drüben ist es!", rief Sophie den Freunden zu und zeigte auf ein herrschaftliches weißes Gebäude auf der anderen Straßenseite.

Matti stieß Max von der Seite an. „Das soll eine Bücherei sein, ist doch verrückt, oder? Wenn Bücher im Luxus leben! Das gibt's ja gar nicht!" Max grinste und blieb neben Sophie an der nächsten Ampel stehen.

„Da sind auch schon *Patience* und *Fortitude*, um uns zu begrüßen."

„Sind das Freunde von dir?", fragte Max.

„Freunde?" Sophie lächelte. „Das sind die Löwenstatuen, die den Eingang zur Bibliothek bewachen, und wir New Yorker lieben sie. Sie heißen *Patience* und *Fortitude*, also Geduld und Tapferkeit."

Matti und Max überquerten mit Sophie die Straße und machten vor einem der Löwen halt. Den Kopf in den Nacken gelegt, bewunderten sie das mächtige Tier.

„Wow, das sieht echt toll aus!“, sagte Matti und zog seinen Handschuh aus, um den kalten weißen Marmor der Statue zu berühren.
„Kommt mit, wir haben noch Zeit. Drinnen gefällt's euch bestimmt auch. Und außerdem ist es da wärmer.“
Eine große Eingangshalle aus weißem Marmor empfing die Kinder. Zu beiden Seiten des Raumes führte eine breite Treppe nach oben. Girlanden aus Tannenzweigen schmückten das Geländer. „Ist es nicht wahnsinnig schön hier?“, fragte Sophie, und ihre Augen strahlten. Ohne eine Antwort abzuwarten, sprach sie weiter. „Ich bin oft hier, und immer entdecke ich etwas Neues. Könnt ihr euch vorstellen, dass es hier insgesamt über 200 Kilometer Regalfläche gibt? Und dass eine kleine Eisenbahn die Bücher aus den Archiven zum Leser fährt? Außerdem findet man die ulkigsten Dinge.“
„Was denn für ulkige Dinge?“, wollte Max wissen.
„Na ja, ziemlich crazy finde ich den Brieföffner von Charles Dickens. Als Erinnerung an seine Lieblingskatze wurde die Pfote ausgestopft und als Griff am Öffner befestigt.“
„Iiiih, das ist ja eklig!“ Matti riss entsetzt die Augen auf.
Sophie kicherte und machte den Freunden ein Zeichen, ihr zu folgen. Ein Stockwerk höher fanden sich die Jungen kurze Zeit später in einem riesigen Lesesaal wieder. Licht flutete von den Fenstern und unzähligen Kronleuchtern durch den langen Raum.
„Das ist ja wie im Museum mit den Gemälden und Schnitzereien an der Decke da oben“, sagte Matti.
„Pssst! Hier wird gearbeitet!“, zischte Max ihm zu und lief einen langen Gang zwischen Tischreihen hindurch. „Toller Lesesaal, Sophie. Von dem habe ich in meinem Reiseführer gelesen. Er heißt *Rose Reading Room* und ist ziemlich berühmt, oder?“

Das Mädchen nickte und flüsterte zurück: „Ja, das ist er. Mit den Tischen und goldenen Lampen darauf sieht man ihn auch in vielen Filmen."

„Ich geb ja zu, es ist cool hier, aber habt ihr mal auf die Uhr geschaut?", fragte Matti. „Es ist gleich 11!" Erschrocken sahen Max und Sophie ihn an. Höchste Zeit, Stellung zu beziehen.

10. Kapitel

Über den Dächern New Yorks

Puuh! Gerade noch rechtzeitig rannten Matti, Max und Sophie die große Treppe vor der Bücherei hinunter und versteckten sich hinter dem Sockel von *Fortitude*, dem steinernen Löwen.
„Das war knapp", sagte Sophie außer Atem.
Matti hielt sich die Seite. „Puuh, ich hab jetzt richtig Seitenstechen."
„Ist aber ein guter Platz, hinter dem Löwen", meinte Max. „Von hier aus haben wir alles im Blick. Vor allem sieht man uns nicht gleich. Mir ist es lieber, dieser Harry entdeckt uns nicht."
„Dann setz dir was auf den Kopf", warf Matti ein. „Deine roten Haare sind nämlich nicht zu übersehen."
Max verdrehte die Augen und griff nach seiner Mütze. „So, jetzt ist es 11 Uhr, fehlt nur noch Harry."
„Ja, und Paula P." Sophie schüttelte sich. „Die tut mir echt leid. Wer trifft sich denn freiwillig mit diesem Ekelpaket?"
„Pssst, da kommt er!" Max zog Matti und Sophie ein Stück hinter den Sockel zurück. Tatsächlich, Harry kam den Bürgersteig hinuntergelaufen. Mit grimmigem Blick hielt er vor der Bibliothek an und sah sich um. Dann stieg er die Stufen zum Eingang empor.
„Mist!", murmelte Matti. „Wenn der jetzt reingeht, verlieren wir ihn."
Doch die drei hatten Glück. Harry blieb am Ende der Treppe mitten in der Menschenmenge stehen. Er hielt eine Mappe unter dem Arm und blickte mit schmalen Augen zur Straße hinunter.

Der Wind blies kalt, und die Kinder drängten sich dicht aneinander. Hoffentlich ließ Paula P. sich bald blicken. Da hob Harry die Hand zum Gruß. Überrascht sahen die Freunde einander an. Ein Mann, der die Kapuze tief ins Gesicht gezogen hatte, grüßte zurück.
„Ganz schön groß, diese Paula!", prustete Matti.
„Pssst!", zischte Max und legte den Zeigefinger auf die Lippen.
Der Mann streckte die Hand aus, und Harry reichte ihm wortlos die Mappe.
„Max! Schnell dein Handy!", flüsterte Matti. Sein Freund gab ihm schnell das Gerät. Ein Foto. Und gerade rechtzeitig, denn einen Augenblick später war der Mann mitsamt der Mappe in der Menschenmenge verschwunden. Harry blieb noch eine Weile stehen und ließ den Blick wandern. Suchte er jemanden? Die Kinder hielten die Luft an. Doch dann lief Opa Walters Cousin die Treppe der Bücherei hinunter und überquerte, ohne sich noch einmal umzusehen, die Straße.
Puuuh! Die drei atmeten auf. Er hatte sie nicht entdeckt. Max drehte sich zu Matti. „Und? Hast du ein Bild machen können?"
„Klar! Ist im Kasten."
Sophie klopfte Matti auf die Schulter. „Gut gemacht. Super Idee. Vielleicht hilft uns das später weiter. Ich versteh nämlich gerade gar nichts mehr."
„Außer, dass Paula wohl eher ein Paul war", erklärte Max und lachte. „Übrigens ist Mattis Mama Fotografin. Tolle Bilder zu schießen liegt ihm im Blut."
Mattis Gesicht lief rot an. Da klingelte das Handy in seiner Hand. Er blickte auf das Display. „Das ist mein Papa. Ich geh ran, okay?"
„Klar!"

Matti hielt sich das Gerät ans Ohr. „Papa? Warte! Ich hör dich nicht." Er machte den anderen ein Zeichen und zog sich hinter den steinernen Löwen zurück. Das Gespräch dauerte nicht lange. „Wir sollen zum *Empire State Building* laufen. Sie warten dort auf uns."

„Wie kommen wir dahin?"

„Einfach die *5th Avenue* runter", antwortete Sophie. „Es sind einige Blocks, aber das schafft man gut zu Fuß. Ich kann mir schon denken, was die beiden planen. Und ihr?" Ohne eine Antwort abzuwarten, lief sie los und machte den Freunden ein Zeichen, ihr zu folgen.

Matti und Max standen mit Sophie einen Block vom *Empire State Building* entfernt und blickten nach oben.

„Das ist ein Anblick, oder?" Die beiden Jungs, die sonst nie um eine Antwort verlegen waren, nickten stumm.

Hier war er nun, der berühmteste Wolkenkratzer der Welt. Und er sah in Wirklichkeit noch viel toller aus, als sie ihn sich vorgestellt hatten.

„Mann, Fensterputzer will ich da nicht sein", bemerkte Matti. „In der Höhe da draußen baumeln und Tausende von Fenstern putzen, nein danke!"

Max schüttelte den Kopf. „Über was du dir Gedanken machst!"

„Hey! Da vorne sind Mama und Magnus." Sophie winkte ihnen zu. Sie überquerten die Straße und liefen zu den Erwachsenen, die ein Stück entfernt auf sie warteten.
„Na, war's schön heute Vormittag?" Helen gab Sophie einen Kuss, bevor sie sich lächelnd zu den zwei Freunden umdrehte.
„Total!", erklärte Matti. „Wir waren in der *New York Public Library* und sind jetzt noch schlauer als zuvor."
Max und Sophie grinsten, und Magnus sah seinen Sohn schmunzelnd an. „So, so! Na, dann haben wir uns vielleicht zu früh bei euch gemeldet, und ihr möchtet lieber ein wenig weiterlesen?"
Die Kinder rissen die Augen auf und schüttelten die Köpfe. „Nö, Papa, so war's nicht gemeint. Wir sind schon gespannt, was ihr mit uns vorhabt. Was machen wir denn am *Empire State Building*?"
Helen zwinkerte den dreien zu und holte aus ihrer Handtasche fünf Eintrittskarten hervor. „Wir reisen über die Dächer New Yorks. Das hier sind unsere Tickets für die Aussichtsplattform auf dem *Empire State Building.*"

Matti und Max standen in der 86. Etage und blickten hinunter auf die Straßen New Yorks. Kaum hörbar war das Hupen der gelben Taxis, die sich weit unten wie in einer Miniaturwelt bewegten. Von hier aus konnte man die ganze Stadt sehen.
„Max, schau mal, was sich alles auf den Dächern befindet: Gärten, Terrassen und sogar Pools. Voll cool! Auf so einem Dach würde ich im Sommer auch gern mal schwimmen. Und du?"
„Klar, da wär ich sofort dabei." Max sah sich weiter um. „Was sind das eigentlich für komische Holzfässer auf Stelzen, die oben auf den Gebäuden stehen?"

Sophie stellte sich neben die Freunde. „Ach, die Wassertanks. Ja, die sind ziemlich wichtig. Sie liefern Trinkwasser, sind aber auch zum Feuerschutz da. Übrigens gibt es hier am *Empire State Building* noch ein höheres Aussichtsdeck. Das war als Andockstelle für Zeppeline gedacht. Nur ist es hier oben dafür viel zu windig!"

„Glaube ich sofort", meinte Matti, dem der kalte Wind die weißblonden Haare aus dem Gesicht blies. „Wie hoch ist das *Empire State Building* überhaupt?"

Max zückte sein Handy. „Also hier steht, bis zur Antennenspitze sind es rund 443 Meter. Wahnsinn! Das ist ja mehr als eine Stadionrunde."

Die Kinder lächelten gerade für Selfies um die Wette, als Helen und Magnus ihren Rundgang beendeten. „Ich möchte euch wirklich nicht unterbrechen", warf Magnus ein und tätschelte seinen Bauch, „aber die Luft hier oben macht richtig Appetit. Oder wie seht ihr das? Ich schlage vor, wir gehen gleich einen saftigen Burger essen. Danach müssen Helen und ich wieder ins Theater zur Probe."

Der Vorschlag wurde einstimmig angenommen, und bereits kurze Zeit später fuhr die kleine Gruppe im Fahrstuhl zurück ins Erdgeschoss. Max starrte auf die Anzeige. Etwas mulmig war ihm ja schon bei der Geschwindigkeit, mit der es hinabging. „Na, hättest du lieber die Treppe genommen?" Kichernd sah Matti seinen Freund an.

„Das wird hier im *Empire State Building* sogar als Sportwettbewerb gemacht!", erklärte Max. „Hab ich in einem Reiseführer gelesen. Das stimmt doch, Sophie, oder?"

„Klar stimmt das! Das nennt sich Run-Up. Dieses Wettrennen die Treppen hoch gibt's schon ewig. Aber schau mal, Max, gleich sind wir unten. Alles gut." Und tatsächlich, in Windeseile hatte der Fahrstuhl das Erdgeschoss erreicht.

Matti seufzte glücklich. Er lehnte sich zurück in das Polster der Sitznische und rieb sich den Bauch. „Mannomann! Das war mit Abstand der beste Hamburger, den ich je gegessen habe."
„Ja, superlecker!", stimmte Max zu. „Und die Pommes erst, total knusprig!"
Helen lächelte den Freunden zu. „Freut mich, dass es euch geschmeckt hat. Wir gehen auch gern hierher, nicht wahr, Sophie?"
Das Mädchen nickte. „Ich mag am liebsten den Coleslaw, den cremigen Krautsalat. Puuh! Bin ich vielleicht satt!"
Magnus nahm einen Schluck aus seinem Glas, in dem die Eiswürfel klimperten. „Oh ja, uns geht's echt gut hier. Nur schade, dass Helen und ich gleich wieder aufbrechen müssen."
Helen warf einen Blick auf ihre Uhr. „Meine Güte, du hast recht. Es wird Zeit. Bevor wir gehen, will ich den Kindern allerdings noch von Rudy erzählen. Ich möchte nicht, dass sie nachher Opa Walter begegnen und nicht Bescheid wissen."
„Rudy? Aber was ist denn mit Rudy?" Erschrocken sah Sophie ihre Mutter an, und auch Matti und Max horchten auf.
„Ach Kinder, Opa Walter ist ganz verzweifelt. Rudy ist seit heute Morgen verschwunden." Entsetzt sahen die drei sie an.

11. Kapitel

Wie vom Erdboden verschluckt

Helen trank einen Schluck Wasser und räusperte sich, bevor sie weitersprach: „Opa Walter hat sich heute Morgen, wie jeden Tag, Bagels zum Frühstück geholt. Rudy hatte er dabei und ließ ihn vor dem Laden angeleint warten. Als er mit den Bagels rauskam, war der Kleine verschwunden."

Sophie schossen Tränen in die Augen. „Ist Rudy jetzt für immer weg?"

Matti und Max sahen einander bestürzt an. „Ist er wieder abgehauen?", fragte Max.

Helen schüttelte den Kopf und legte einen Arm um ihre Tochter. „Opa Walter glaubt das nicht. Die Leine war mit einem dicken Knoten festgemacht. Er ist natürlich sofort die Straße auf und ab gelaufen und hat nach seinem Hund gerufen. Aber es half nichts, Rudy blieb verschwunden. Opa Walter ist davon überzeugt, dass er gestohlen wurde."

Matti schüttelte den Kopf. „Wie gemein! Wer macht denn so was?"

„Vielleicht besucht ihr ihn nachher mal und muntert ihn etwas auf?", schlug Magnus den Kindern vor.

„Auf jeden Fall", sagte Sophie, und ihre Augen blitzten. „Armer Opa Walter! Wir helfen ihm, Rudy zu finden." Matti und Max nickten.

„Das finde ich toll", lobte Helen. „Es tut mir nur leid, dass wir euch dabei nicht helfen können, aber die …"

„... Probe ruft“, unterbrach sie Sophie. „Ist schon gut, Mami.“
Helen drückte Sophie kurz an sich. „Wir begleiten euch noch bis zum Broadway. Vom Theater ist es für euch dann nicht mehr weit nach Hause.“

„Opa Walter! Opa Walter!“, rief Sophie und klopfte an die Tür. Matti und Max warteten neben ihr und zogen sich Mütze und Handschuhe aus. Alle drei machten sich Sorgen um den kleinen Hund.
Die Tür öffnete sich. Blass stand Opa Walter vor ihnen und sah sie an. Sophie stürzte sich in seine Arme. „Opa Walter, Mama hat es uns gerade erzählt. Armer Rudy! Weißt du schon mehr? Sucht die Polizei nach ihm?“
„Ach, Mädchen. Die Polizei hat in New York anderes zu tun, als nach meinem Rudy zu suchen. Aber kommt erst mal rein.“ Der große Mann hielt die Tür weit auf und ließ die Kinder eintreten.
„Wir helfen dir bei der Suche, wenn du möchtest“, sagte Max und legte seine Jacke neben Sophies auf einen Stapel Leinwände im Flur.
Die drei folgten Opa Walter ins Wohnzimmer. Hier sah es aus, als hätte der Blitz eingeschlagen. Farbtuben und Pinsel lagen verstreut auf dem Boden. Der Tisch war wie leergefegt. Nur Stifte und etwas Papier befanden sich neben einem alten Telefon noch auf der Arbeitsfläche.
„Entschuldigt bitte das Chaos, Kinder! Ich möchte den Überblick behalten. Da schien es mir das Beste, alles vom Tisch zu nehmen, was nicht mit der Suche nach Rudy zu tun hat. Mit den Tierheimen in der Gegend habe ich schon gesprochen. Jetzt fehlt mir nur noch eine Skizze von ihm, damit ich Flugblätter verteilen kann.“

„Das können wir doch für dich erledigen“, schlug Matti vor. „Du fertigst die Skizze an, und wir lassen Kopien davon machen. Die verteilen wir dann überall in der Umgebung.“
„Genau“, stimmte Sophie zu. „Wir helfen dir auf jeden Fall, Opa Walter!“
Das Telefon klingelte. Mit zitternden Fingern griff der alte Herr nach dem Hörer. „Hallo?“ Kurze Zeit herrschte Stille. Die Kinder sahen, wie Opa Walters Finger das Gerät fest umklammerten. Dann stand er auf und verließ den Raum.
Sophie sah Matti und Max mit großen Augen an. „Oh nein, hoffentlich keine schlechten Nachrichten.“
Max schüttelte den Kopf und legte den Zeigefinger auf die Lippen. Im Hintergrund hörten sie Opa Walter laut werden. „Das ist Erpressung. Was bist du nur für ein Mensch? Hallo?“
Bestürzt blickten die drei einander an. Was war geschehen? Sie warteten, bis Opa Walter zurück ins Wohnzimmer kam. Sophie erschrak. Noch nie hatte sie ihn wütend gesehen.
„Dieser miese Kerl! Wenn ich den in die Finger bekomme, dann …“ Sein Blick fiel auf die Kinder, und er verstummte.
„Wen meinst du?“, fragte Matti.
„Es ist besser, ihr geht jetzt“, sagte Opa Walter und seufzte.
„Aber wir wollen dir doch helfen! Was ist mit Rudy?“ Sophie stemmte ihre Hände in die Hüften.
„Lieb von euch, aber ich möchte erst mal allein sein. Das versteht ihr sicher.“
Nein, eigentlich verstanden die Freunde überhaupt nichts mehr. Was war denn los? „Okay! Aber gib uns gleich Bescheid, wenn wir doch helfen können, ja?“, bat Max und machte Matti und Sophie ein

Zeichen aufzubrechen. Opa Walter atmete tief durch und begleitete die Kinder hinaus. „Das mache ich. Und Sophie, meine Kleine, ich werde alles tun, um Rudy wieder nach Hause zu bringen."
Die Tür fiel hinter den dreien zu. Regungslos standen sie einen Moment da. Dann fingen alle gleichzeitig an zu reden. Max pfiff durch die Finger und unterbrach den Redeschwall. „Lasst uns runtergehen. Hier kommen wir doch nicht weiter. Und ich könnte nach dem Schrecken so einen leckeren Kakao mit Mellows gebrauchen. Gut, dass es den bei Molly auch gibt."

Molly hatte die drei schon erwartet. Ein Teller mit frisch gebackenen Brownies stand in der Küche auf der Theke. Nun saßen die Freunde vor ihrem dampfenden Kakao und aßen das schokoladige Gebäck.
„Mmmmh, lecker! Ich liebe Brownies, und das sind die besten überhaupt." Matti leckte sich die Krümel von den Lippen.
„Ich hab keinen Hunger", murmelte Sophie, deren Brownie noch unberührt auf dem Teller lag. „So kenne ich Opa Walter gar nicht. Er ist der gutmütigste Mensch auf der Welt."
Max runzelte die Stirn und nahm einen Schluck vom heißen Kakao. „Eines ist sicher, Opa Walter wird erpresst. Das haben wir ja vorhin gehört."
Matti, der gerade in seinen zweiten Brownie gebissen hatte, klopfte mit den Fingern auf die Theke. „Also ich glaube, das hat was mit diesem Harry zu tun. Der hat doch schon unter der Brücke im *Central Park* mit ihm gestritten."
Sophie seufzte. „Als hätte Opa Walter nicht schon genug Sorgen, jetzt, wo Rudy verschwunden ist. Da macht ihm auch noch sein Cousin das Leben schwer. So ein Schuft!"

Max rieb sich über die Sommersprossen auf seiner Nase. „Hört mal, wegen Rudy können wir momentan nichts machen, aber diesen Harry, den behalten wir im Auge. Sollte er Opa Walter erpressen, dann finden wir das raus. Der und seine komischen Treffen, da ist doch was faul!"

Matti griff in seine Hosentasche und holte den gelben Zettel hervor. „Das nächste Treffen ist auf jeden Fall morgen Nachmittag. Grand Central steht hier, und dann noch O-Y-S-T-E-R."

Sophie schnalzte mit den Fingern. „Alles klar, dann weiß ich, wo es ist. Der Treffpunkt ist bestimmt die *Oyster Bar*. Die befindet sich im Untergeschoss der *Central Station*. Das ist unser Hauptbahnhof, auch *Grand Central Terminal* genannt. Meine Mama geht manchmal da unten im Gewölbe Oysters essen, das sind Austern. Ich steh da nicht so drauf. Aber der Laden ist total berühmt, und es gibt ihn schon seit über hundert Jahren", klärte das Mädchen die zwei Freunde auf.

„Super! Dann finden wir das auf jeden Fall." Max tippte auf den Zettel. „15 Uhr. Harry – wir kommen!"

12. Kapitel

Das Flüstern der Säulen

Der nächste Tag verging wie im Fluge. Helen und Magnus überraschten die Kinder mit einem Ausflug nach Brooklyn ins *New York Transit Museum*. Von Rudy fehlte weiterhin jede Spur, und so freuten sich alle über etwas Ablenkung.

Das Museum befand sich in einer stillgelegten Station der New Yorker U-Bahn. Auf den Bahnsteigen erkundeten Matti und Max U-Bahnen aus früheren Zeiten. Sie setzten sich hinter das Steuer eines riesigen Busses und winkten Sophie zu, die von außen Fotos machte.

„Hey, Leute, probiert auch mal die Drehkreuze aus!", rief Matti den beiden anderen zu. „Die Metallteile bewegen sich nur superschwer." Max und Sophie versuchten ihr Glück und blieben bei manchen Modellen fast stecken.

„Heute öffnen sich die Türen zu den U-Bahn-Stationen automatisch, da muss man sich überhaupt nicht anstrengen", bemerkte Max. „Schon lustig, wie sich alles ändert, oder?"

Der Rückweg führte sie über die *Brooklyn Bridge*. Diese gewaltige Hängebrücke mit ihren mächtigen Drahtseilen und Spitzbögen verband die Stadtteile *Brooklyn* und *Manhattan*. Unter ihr floss der East River, und zu dieser Jahreszeit trieb auch so manche Eisscholle vorbei. Durch die Stahlseile hindurch sahen Matti und

Max die Skyline mit ihren Wolkenkratzern. Kaum zu glauben, dass einst 21 Elefanten über die Brücke geschickt wurden, nur um zu beweisen, dass dieses mächtige Bauwerk stabil ist.

Ein kalter Wind blies ihnen entgegen. Als sie ihren Spaziergang in den Straßen von *China Town* beendeten, waren alle durchgefroren und hungrig. Erstaunt sahen Matti und Max sich um. Überall hingen Straßenschilder mit chinesischen Schriftzeichen. Drachen und bunte Lampions in engen Gassen hießen sie willkommen. Genau so stellten sie sich das echte China vor.

Helen führte die Kinder und Magnus in ein kleines Restaurant und bestellte ihnen eine Auswahl an chinesischen Gerichten. Bald war allen wieder warm, und mit großer Freude machten sie sich über das Essen her.
Nach der Mahlzeit warf Max einen Blick auf sein Handy. So gemütlich es drinnen auch war, Harry hatte in einer Stunde seine Verabredung am Bahnhof. Es war höchste Zeit aufzubrechen.
Magnus und Helen begleiteten die Kinder in der Subway. Sophie hatte den Erwachsenen verkündet, mit Matti und Max noch weiter die Stadt besichtigen zu wollen. Und was passte an diesem Tag besser ins Programm als ein Bahnhof: der *Grand Central Terminal*. Dort stiegen die Kinder aus und winkten Magnus und Helen zu, die ihren Weg Richtung Theater fortsetzten.
„Auf Jungs, wir haben noch eine Viertelstunde! Ich zeig euch ein bisschen von der Grand Central Station. Das ist übrigens der größte Bahnhof der Welt“, erklärte Sophie und gab den Freunden ein Zeichen, ihr zu folgen.
Matti und Max sahen sich um. Hier war vielleicht was los! Menschen strömten in alle Richtungen und blickten weder nach links noch nach rechts. In der Haupthalle blieben die Kinder stehen. Über ihnen erstreckte sich ein riesiger Sternenhimmel, der als Deckengemälde das Gewölbe zierte.
Matti riss die Augen auf. „Wow!“
„Schön, nicht?“, meinte auch Sophie. „Übrigens, sollten wir uns verlieren, dann ist dort drüben unser Treffpunkt.“ Matti und Max folgten ihrem Blick. In der Mitte der Halle befand sich auf einem Tickethäuschen eine große goldene Uhr. Ja, die war wirklich nicht zu verfehlen.

Matti stupste Sophie an. „Alles klar. Und jetzt los, oder? Auf der Uhr ist es schon kurz vor drei. Harry ist bestimmt gleich am Treffpunkt."

„Ooooh! Du hast recht. Folgt mir!"

Sophie eilte voran. Matti und Max versuchten, Schritt zu halten. Dem Mädchen inmitten all der Menschen zu folgen, war nicht leicht. Links und wieder links, dann eine Rampe hinunter – erst dann blieb Sophie stehen.

„Stopp!", zischte sie. „Da vorne steht er schon. An der Säule zur *Oyster Bar*."

Die Freunde blickten sich vorsichtig um. Das Restaurant befand sich im Gewölbe des Untergeschosses, und Harry stand nicht weit davon entfernt. Er unterhielt sich mit einem jungen Mann, der den Kindern den Rücken zuwandte. Opa Walters Cousin trug wie beim letzten Treffen eine Mappe unter dem Arm. Zusätzlich baumelte eine Tüte an seiner Hand.

Matti zog den Zettel aus seiner Jackentasche. „Claudia? Das steht hier zumindest. Wenn das 'ne Claudia ist, fress ich einen Besen."

„Mann, es ist einfach zu laut hier. Keine Chance, auch nur ein Wort von dem Gespräch mitzubekommen", sagte Max und runzelte die Stirn.

„Ich kann ja näher rangehen", schlug Matti vor, doch die beiden anderen schüttelten die Köpfe.

„Lieber nicht. Mit denen ist bestimmt nicht gut Kirschen essen", widersprach Max. „Ich wünschte nur, ich könnte Lippen lesen."

Sophie schlug sich an die Stirn. „Mensch! Ich bin aber auch blöd!" Matti und Max sahen sie überrascht an. „Wisst ihr, wo wir gerade stehen? Das ist die *Whispering Gallery*, die Flüstergalerie. Seht ihr das Gewölbe mit den Bögen über uns? Die treffen sich in den Ecken des Raumes."

„Ja, und wie soll uns das helfen?", fragte Matti.

„Warte, ich bin ja noch nicht fertig. Also, wenn man sich in einer Ecke mit dem Gesicht zum Bogen stellt und etwas flüstert, dann versteht es die Person, die auf der gegenüberliegenden Seite steht."

Max sah hinüber zu Harry. Der stand mit seinem Kumpanen tatsächlich direkt an einem Ende der *Whispering Gallery*. „Und das soll funktionieren?" Matti zuckte mit den Schultern. „Wir probieren es einfach aus. Ab in die Ecke!"

Die Kinder drängten sich mit den Gesichtern dicht an die Säule am Ende des Rundbogens. Konnten sie von hier tatsächlich das Gespräch belauschen?

Eine Stimme drang zu den dreien vor: „Richte dem Boss aus, die Lieferungen der nächsten Monate sind geklärt. Er wird es mit Sicherheit machen. Bleibt ihm auch nichts anderes übrig."

Matti und Max rissen die Augen auf. Es klappte! Die Galerie flüsterte den Kindern die Worte ins Ohr.

„Okay. Ich sag's ihm. Er war die letzten Tage nicht gut auf dich zu sprechen, Harry. Seit unser bester Fälscher sich die Hand gebrochen hat, wartet er auf Nachricht von dir, und seine Laune ist noch schlechter als sonst."

„Du kannst ihm sagen, die Arbeiten werden erstklassig sein. Mein neuer Mann ist brillant."

„Woher weißt du, dass er dichthält?"

Ein leises Lachen hallte hinüber zu den Kindern. Matti sah sich um. Harry wedelte mit der Tüte.

„Weil ich das habe, was ihm am liebsten ist."

„Okay, wenn du meinst. Ich muss los, Harry."

„Dann nimm die Mappe und ab zum Boss! Klar?"

Die Kinder drehten sich um und beobachteten, wie der junge Mann sich von Harry entfernte. Die Ware trug er unter dem Arm. Matti stupste seinen Freund an. „Schnell, ein Foto!" Max griff nach dem Handy. Geschafft! Ein Bild von Harry und ‚Claudia' war im Kasten. Opa Walters Cousin schaute sich ein letztes Mal um und verschwand in den Gängen des Bahnhofs.

„Was wohl in der Mappe war? Muss ja was Wichtiges sein", murmelte Matti.

„Ja", stimmte Max ihm zu. „Und es ist bestimmt nichts Legales. Ich dachte, der arbeitet für eine Teppichreinigung?"

Sophie runzelte die Stirn. „Wer weiß? Und wieso brauchen die einen Fälscher? Ich frag mich, ob das was mit Opa Walter …", sie brach ab und schüttelte den Kopf."

„Immerhin wissen wir jetzt schon mehr als vorhin. Total krass, diese Flüstergalerie", sagte Matti und hielt anerkennend einen Daumen hoch.

„Ja, das ist schon cool. Superspannend find ich übrigens auch Gleis 61", antwortete Sophie, und die Jungen blickten sie fragend an. „Das ist ein geheimer Bahnsteig …"

„Wie bei Harry Potter?", warf Max ein.

Sophie kicherte. „Nein, dieser Bahnsteig lässt sich auch ohne Zauberkräfte betreten. Er führt zum Waldorf Astoria Hotel. Unser ehemaliger Präsident Theodore Roosevelt stieg dort immer in seinen Zug ein." Als hätte sie die Gedanken der Jungs erraten, sprach Sophie weiter: „Das kann ich euch nur leider nicht zeigen, ist abgesperrt."
Die Kinder machten sich auf den Weg in Richtung Ausgang, als sie ein Klingeln hörten. Matti blieb stehen und drehte sich zu seinem Freund um. „Hey, das ist doch dein Handy, oder?"
Max griff in die Anoraktasche. Tatsächlich, die Anzeige leuchtete. Hinter ihm lugten Sophie und Matti über seine Schulter. „Und? Von Vicky?" Doch Max hörte die Frage seines Freundes nicht. Er las die Nachricht und riss die Augen auf. Dann hielt er den beiden anderen das Gerät vor die Nase:

Hey, Leute, was ihr so alles erlebt. Das ist ja der totale Wahnsinn! Leider ist eure Miss Gloria nicht die Einzige, der in letzter Zeit wertvolle Kunst gestohlen wurde. Ich hab für euch hier das Bild von einem Zeitungsartikel, den ich gefunden habe:

KUNSTRAUBSERIE IN NEW YORK GEHT WEITER!
BERÜHMTER BROADWAY-STAR ALS NEUESTES OPFER!
POLIZEI WEITERHIN OHNE SPUR!

Ich häng mich dran und meld mich, wenn ich mehr weiß. Hier ist's nämlich schon spät!
Liebe Grüße, Vicky

Die Kinder sahen einander an. Kunstraubserie? Und die Polizei ohne Spur? Arme Miss Gloria!

13. Kapitel

Wenn der Ball fällt

Mit platt gedrückten Nasen standen die drei am nächsten Morgen am Küchenfenster. Der Duft von Ahornsirup, Zimt und gerösteten Mandeln lag in der Luft. Molly hatte sie zum Frühstück mit French Toast verwöhnt. „Gut, dass wir's hier drin so gemütlich haben." Matti trat einen Schritt von der Scheibe zurück. „Sieht ja nicht ganz so kuschelig aus da draußen."

Dicke Schneeflocken wehten durch die Luft, und die Stadt schien noch zu schlafen. Nur vereinzelt sah man Autos auf der Straße fahren.

„Zu schade", sagte Sophie und seufzte.

„Wieso, was hattest du denn vor?", fragte Max und rieb sich mit den Fingern über die kalte Nase.

„Es sollte eine Überraschung werden. Mama und ich wollten mit euch zum Ball Drop gehen. Ihr wisst ja, was heute ist, oder?"

„Na klar, wissen wir das. Oder?" Matti sah seinen Freund hilfesuchend an.

„Es ist der 31. Dezember", sagte Max. „Silvester! Aber was ist dieser Ball Drop?"

„Das ist ein New Yorker Ritual und so cool", erklärte Sophie. „Genau 60 Sekunden vor Mitternacht wird ein fast vier Meter großer und leuchtender Ball an einer Stange am *Times Square* hinabgelassen. Wenn er das Ende erreicht hat, beginnt mit einer riesigen Party das neue Jahr. So was habt ihr noch nicht gesehen! Aber bei dem Wetter erlaubt Mama das bestimmt nicht. So was Blödes!“

Stumm standen Matti und Max neben Sophie. Das war wirklich ärgerlich. Im Hintergrund räusperte sich Molly. „Nun lasst mal nicht die Köpfe hängen, Kinder. Ich bin mir sicher, ihr feiert trotzdem ein tolles Silvester.“ Nicht ganz so überzeugt nickten die drei der Haushälterin zu und setzten sich zurück an den Tisch.

„Auf jeden Fall wird unser Jahreswechsel bestimmt schöner als der von Opa Walter und Miss Gloria.“ Sophie nahm sich die Zeitung. „Ich muss immer an Rudy denken. Und an die Nachricht von Vicky. Ob hier auch was über die Kunstraube drinsteht?“

News

Late Edition

$1.00

Das Phantom schlägt wieder zu.
Rätselhafte Raube berühmter Kunstwerke!

Auf der Suche nach den vermissten Bildern aus Privatsammlungen fehlt der New Yorker Polizei weiterhin jede Spur. Es handelt sich um die Werke weltbekannter Künstler wie Jackson Pollock, Claude Monet, Pablo Picasso und Vincent van Gogh. Wie die Kunstwerke an Kameras und Wachleuten vorbeigeschleust werden konnten, ist bisher unklar.
Der Schaden ist hoch. Meisterhafte Kopien ersetzten die Originale an den Wänden. Wann genau die Bilder gestohlen wurden, ist zurzeit nicht bekannt.

Die Kinder rückten zusammen und blätterten die Seiten durch. „Stopp! Schaut mal!“ Max zeigte auf eine Überschrift und las laut den Artikel vor. „Hört sich ja nicht so gut an für Miss Gloria“, bemerkte Matti und kratzte sich am Kopf.

„Kennt ihr die Künstler eigentlich alle? Von Picasso hab ich ja schon gehört. Und Pollock haben wir bei Miss Gloria gesehen. Aber die anderen?"
„So ein bisschen kenn ich die schon", antwortete Max und schlug die Zeitung zu.
Sophie grinste. „Na, dann weiß ich doch genau, was wir heute machen. In Manhattan gibt es super Kunstmuseen: Da hätten wir mit moderner Kunst das *MoMa* und das *Guggenheim Museum* – ein cooler Spiralbau. Am liebsten gehe ich aber ins *Metropolitan Museum*. Da gibt es außer Bildern noch viel mehr zu entdecken."
„Museeeeeuuum!", rief Matti. „Oh neee!"
„Nur damit wir uns vorstellen können, was so geklaut wurde. Wenn ihr wollt, gehen wir danach auch gleich wieder", beruhigte ihn Sophie.
„Also ich finde die Idee super! Warum sollen wir denn den ganzen Tag hier drin rumsitzen", sagte Max und gab Matti unter dem Tisch einen Tritt gegen das Schienbein.
„Auuu… oookay. Bin ja dabei."

Es schneite immer noch, als die Kinder am Nachmittag das Museum hinter sich ließen und die große Freitreppe hinunter zur *5th Avenue* nahmen. Max sah seinen Freund von der Seite an. „Und? War schon ziemlich cool, oder? Hat sich ja wohl gelohnt, dass du mitgekommen bist."
Matti nickte. „Ich muss zugeben, es war echt toll da drin. Fühlte sich gar nicht so an, als wären wir mehrere Stunden dagewesen."
Sophie hüpfte die letzten Stufen hinunter. „Was hat euch denn am

besten gefallen? Also von dem, was wir in der kurzen Zeit sehen konnten."
„Die Rüstungen aus dem Mittelalter für Ritter und Pferd, das war echt stark", sagte Matti, und seine blauen Augen leuchteten.
„Ich hatte mir das Museum ganz anders vorgestellt", warf Max ein. „Nur so mit alten Bildern in Goldrahmen. Aber die Kunst ging ja quer durch die Geschichte der Menschheit. Voll cool! Schade, dass wir für die Ägypter nicht mehr Zeit hatten."
Sophie lachte. „Ja, ich dachte schon, von denen bekommen wir dich gar nicht mehr weg. Aber Hauptsache, wir haben Bilder von allen Künstlern gesehen, deren Werke geklaut wurden. Deswegen waren wir ja schließlich da."
Matti nickte. „Also diesen van Gogh erkennt man gut. Der hat die Farbe echt dick auf die Leinwand aufgetragen, mit so Strichen und Kreisen." Er wedelte mit dem Arm durch die Luft, als wollte er die Pinselführung nachmachen.
Max zog den Kopf ein und wich den wilden Bewegungen aus. „Wie hat euch Picasso gefallen? Ich fand die Frauengesichter lustig, bei denen Nase und Augen so komisch im Gesicht stehen."
Sophie nickte und seufzte dann laut auf. „Also, ich liiiiebe ja Monet. Diese Stimmung. Das Licht. Er malte zu verschiedenen Tageszeiten das gleiche Motiv. Superschön! Die Heuhaufen und erst die Seerosen ..." Max zog die Augenbrauen hoch und sah Matti an, der ein Kichern unterdrückte. War wohl auch nicht sein Lieblingskünstler. Plötzlich hielt er an. „Wo wir gerade von Kunst reden: Da drüben wohnt doch Miss Gloria, oder?"
„Wow! Gut gemerkt!" Sophie blickte hinüber auf die andere Straßenseite. „Ich hoffe ja sehr, sie bekommt bald ihr Bild zurück."

Matti nickte, doch Max schien sie nicht zu hören. „Leute, ich hab das Gefühl, wir haben etwas übersehen, als wir bei Miss Gloria waren. Mir will nur nicht einfallen, was."
Matti hüpfte von einem Fuß auf den anderen. Neben dem Bürgersteig fuhr der Verkehr langsam über die eisige Straße. „Was auch immer es ist, lasst uns erst mal einen Zacken zulegen. Es ist ungemütlich hier draußen."

In der Wohnung wartete Helen mit einer freudigen Nachricht auf die drei. Trotz Schnee und Kälte würden sie am Abend zum

Ball Drop am *Times Square* gehen, und zwar in die Wohnung von Freunden. Von dort hatte man einen tollen Blick auf das Geschehen und stand im Warmen. Matti, Max und Sophie jubelten, und Helen lachte: „Kinder! Kinder! Ich freu mich ja auch. Aber nun schlage ich vor, ihr ruht euch erst mal aus. Es wird noch eine lange Nacht."

Matti und Max standen nebeneinander in der Wohnung am *Times Square* und blickten aus dem Fenster. Die glitzernde Kugel bewegte sich die Stange hinunter auf ihr Ziel zu. Unten auf der Straße warteten die Menschen auf das neue Jahr und schauten nach oben zum Ball Drop. Sie zählten den Countdown: „... five, four, three, two, one ... HAPPY New Year." Ein Lichtermeer erstrahlte, und Konfetti flog wie ein Sturm durch die Lüfte. Die Zuschauermenge toste.

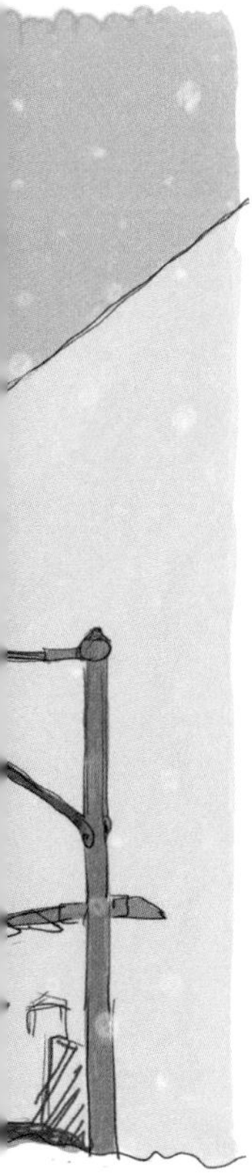

Nur leise hörte Max sein Handy klingeln. Das waren bestimmt seine Eltern. Er blickte auf das Display und hob die Augenbrauen. Der Anruf kam tatsächlich aus Berlin, doch es waren nicht Hannes und Lotte. Schnell ging er ran.

„Hey, Vicky! Guten Rutsch! Wie lange bist du denn auf? Wir sind am *Times Square* ..."

Das Mädchen unterbrach ihn und klang ganz außer Atem. „Ach so, ja! Frohes neues Jahr für euch! Max, bei mir ist gerade der Groschen gefallen. Mensch, euer Zettel! Die Namen! Denk mal an die Kunstraube! Das kann doch kein Zufall sein."

Max überlegte kurz. Dann schlug er sich an die Stirn. Oh Mann! Wie hatten sie nur so blind sein können!

14. Kapitel

Parole Rudy

Am nächsten Morgen saßen die Kinder schon früh in der Küche. Neben Milchgläsern und einem großen Teller mit Mollys Blaubeermuffins hatten die drei all ihre Infos zu den Kunstrauben ausgebreitet. Matti rieb sich die Augen. „Echt! Wenn man's weiß, ist es total offensichtlich."
„Stimmt. Aber auch typisch Vicky, dass ihr so etwas auffällt", sagte Max und unterdrückte nur mühsam ein Gähnen. Es war eine kurze Nacht geworden, denn nach den Neuigkeiten aus Berlin hatte keines der Kinder lange schlafen können.

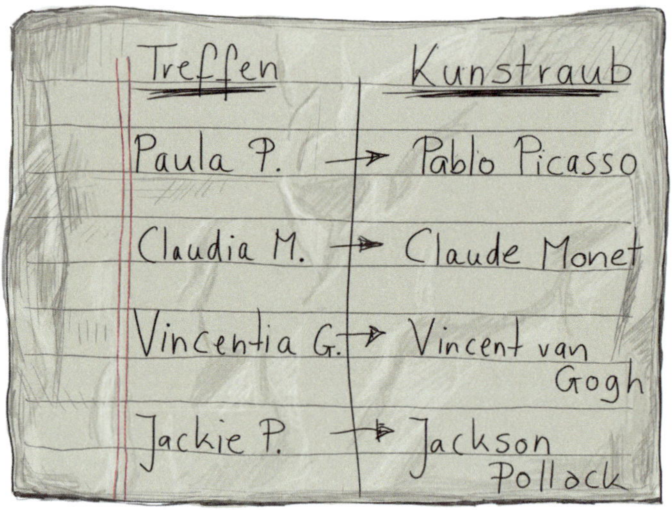

„Max? Zeig mir bitte noch mal das Blatt, auf dem du alle Namen notiert hast. Die vom gelben Zettel und die von den Kunstrauben“, forderte Sophie ihn auf und wischte ein paar Muffin-Krümel vom Tisch. Er schob das Papier zu ihr rüber.
Sophie schüttelte den Kopf. „Unglaublich! Das kann tatsächlich kein Zufall sein.“
„Und dabei war es wirklich nicht schwer verschlüsselt. Bei den Vornamen wurde statt des Männernamens einfach die weibliche Form benutzt. Claude wurde zu Claudia, Jackson zu Jackie ... Und der Nachname wurde abgekürzt.“
„Ich hab doch gesagt: Nie im Leben wollen sich so viele Frauen mit diesem Harry treffen“, unterbrach ihn Matti. „Nur eine Sache stört mich: Müsste da nicht Paul stehen, wenn unsere Theorie stimmt?“
„Nein, das ist auch so okay“, erklärte Sophie. „Ein Freund von mir heißt Pablo. Das ist die spanische Form von Paul. Damit passt Paula genau ins Muster.“
Eine Weile herrschte Stille am Tisch. Nur Matti nahm sich einen weiteren Muffin und mampfte vor sich hin. „Eines ist auf jeden Fall klar“, sagte Max nach einiger Zeit, „dieser Harry, der steckt ganz tief in der Sache drin. Wenn in den Mappen, die er dauernd mit sich rumschleppt, nicht die geklauten Kunstwerke sind, fress ich einen Besen!“
Sophie schlug auf die Tischplatte, und Matti und Max zuckten zusammen. „Dieser miese Kerl! Jetzt weiß ich's! Harry hat Rudy entführt! Und Opa Walter zieht er nun auch noch da mit rein.“ Die zwei Jungen sahen sich an. Natürlich! Sophie hatte vollkommen recht.

„Könnt ihr euch an den Streit unter der Brücke erinnern?", fragte Max. „Opa Walter wollte ihm doch nicht helfen. An dem Morgen wussten wir nur nicht, worum es ging."
„Aber jetzt wissen wir's. Harry hat sich das Liebste geholt, was Opa Walter hat und erpresst ihn damit, ohne mit der Wimper zu zucken." Sophie stiegen die Tränen in die Augen.
Matti schob ihr zum Trost einen Muffin zu, doch das Mädchen schüttelte nur den Kopf. Er wandte sich an Max: „Zeig mal die Fotos auf deinem Handy. In der *Grand Central Station* hatte Harry eine Tüte in der Hand. Vielleicht finden wir darauf einen Hinweis?"
Max reichte ihm das Gerät, und Matti sah sich die Bilder an.
Plötzlich kniff er die Augen zusammen. „Da haben wir's! Wisst ihr, was auf der Tüte steht? New York Pet Supply! Das ist Tierbedarf, Leute! Bestimmt war da Hundefutter drin!"
Max rieb sich über die Sommersprossen auf der Nase. Seine roten Haare standen ziemlich wild vom Kopf ab. „So langsam fügt sich alles zusammen. Wir wissen ja, was Opa Walter beruflich macht. Ein Bild zu fälschen dürfte für ihn nicht allzu schwer sein. Die Frage ist nur, wie können wir ihm und seinem kleinen Hund helfen?"
„Na, wie wohl?" Matti zeigte auf den gelben Zettel. „Hier steht doch, wann Harry die geklauten Kunstwerke abliefert. Wir verfolgen ihn, und er führt uns direkt zu Rudy. Sobald wir mehr wissen, melden wir alles der Polizei. Die wird staunen!"
Sophies Augen leuchteten auf. „So machen wir's! Hier auf dem Notizzettel steht, dass es heute um das Bild von van Gogh geht. Übergabe ist um zwei Uhr auf der *Staten Island Ferry.* Ich sag nur eins: Parole Rudy!"

„Parole Rudy?" Die Kinder fuhren herum. Hinter ihnen stand Helen und sah sie mit gerunzelter Stirn an. „Guten Morgen, ihr drei. Was wollt ihr denn bitte auf der Fähre nach *Staten Island*? Und was hat das mit Opa Walters Hund zu tun?"

„Morgen, Mama!" Sophie lächelte ihre Mutter unschuldig an. „Ich möchte mit den Jungs heute noch ein bisschen Sightseeing machen. Das lenkt uns von Rudy ab. Und mit dem Boot fahren wir doch direkt an der *Freiheitsstatue* vorbei."

Die zwei Freunde nickten. „Ja, vom Flugzeug aus war sie nur gaaaanz klein zu sehen", sagte Matti. „Näher wäre schon cool."

Helen trat ans Fenster und blickte hinaus. Der Schnee auf den Bürgersteigen glitzerte, und am Himmel war keine Wolke zu entdecken. „Na, bei dem Wetter macht es natürlich Spaß, New York zu erkunden. Am besten schaut ihr euch da gleich noch etwas mehr an."

„Wie meinst du das, Mama?" Sophie sah ihre Mutter mit großen Augen an.

Helen lachte. „Keine Sorge, nichts Langweiliges. Ich schenke euch Tickets für die *Big Apple Tour*. Übrigens ist *Big Apple* ein Spitzname für New York. Er stammt wohl aus einer Zeit, als viele im Land dachten, unsere Stadt bekäme viel mehr Saft, also Geld, vom Staat als alle anderen. Der Bus fährt euch auf jeden Fall zu den bekanntesten Sehenswürdigkeiten und auch zur *Staten Island Ferry*. Wir wollen doch, dass ihr so viel wie möglich von New York seht."

Matti und Max nickten. Hauptsache, sie kamen rechtzeitig zur Fähre. Wenn sie dabei noch etwas von der Stadt mitbekamen, umso besser.

Inzwischen war auch Magnus in die Küche gekommen. „Tolle Idee. Da wäre ich gern dabei." Die Köpfe der Kinder schnellten hoch. „Aber keine Sorge", sagte er und lachte, „ihr seid völlig ungestört. Helen und ich haben heute den ganzen Tag Probe. Wie ihr wisst, steht die Premiere vor der Tür."
Erleichtert atmeten die Kinder auf. Nun stand ihrer Suche nichts mehr im Weg. Es konnte losgehen.

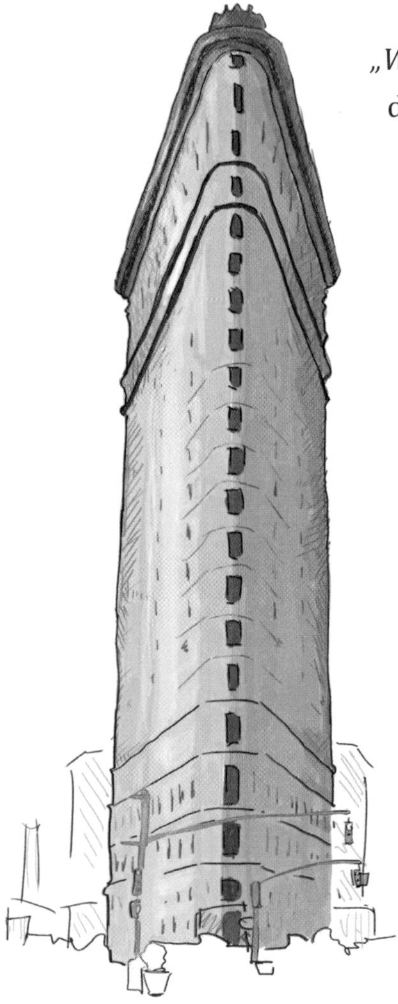

„*Whitehall Terminal*", ertönte es aus den Lautsprechern des Busses, und das Fahrzeug hielt an. „Matti! Max! Aussteigen!" Sophie zeigte aus dem Fenster auf ein großes Gebäude aus Glas. „Wir sind da. Von hier geht die Fähre nach *Staten Island*."
Die zwei Freunde streckten sich und stiegen hinter Sophie aus dem Bus. „Super!", sagte Max. „Voll cool, dass wir auf dem Weg auch noch das *Chrysler Building* und das *Rockefeller Center* mit dem riesigen Weihnachtsbaum sehen konnten."
„Ja, und vergiss nicht das *Flatiron Building*", warf Matti ein und zog sich die Kapuze über die hellen Haare. „Sieht echt irgendwie aus wie ein Bügeleisen. Da würde ich zu gerne mal reinschauen.

Die eine Seite des Gebäudes kann nicht mehr als zwei Meter breit sein. Das reicht gerade mal für ein Fenster. Verrückt!" Kopfschüttelnd lief er hinter den anderen her in die Wartehalle der Anlegestelle.

In dem lichtdurchfluteten Raum standen die Menschen dicht gedrängt und warteten auf die Fähre. Matti riss die Augen auf. „Hallo? Die passen doch nie im Leben alle auf das eine Schiff!"

Sophie grinste. „Glaubst du nicht? Ist aber so! Jeden Tag nutzen fast 70.000 Menschen die *Staten Island Ferry*. Jeder, der hier steht, wird mit auf die Fähre kommen. Und keiner muss dafür auch nur einen Cent zahlen. Die Fahrten sind völlig umsonst."

„Das ist klasse!", meinte Max. „Nur wie, bitte schön, sollen wir in dem Gewusel Harry finden?"

Matti drehte sich im Kreis. „Einfach Ausschau halten und ... uaaaaaah!"

Die vielen nassen Stiefel hatten den Boden mit einer glitschigen Schicht bedeckt. Mitten in der Drehung rutschte er aus und stieß mit voller Wucht gegen einen Mann, der gerade das Gebäude betrat.

„Pass doch auf, du kleiner Idiot!“ Der Mann sah den Jungen mit zusammengekniffenen Augen an. Matti richtete sich auf und erstarrte. Vor ihm stand Harry mit einer großen Mappe unter dem Arm.

„Äääh, ich, ja, äääh …“, stammelte er.

„Dir hat wohl niemand Benehmen beigebracht“, zischte Harry ihn an. „Du kannst von Glück reden, dass ich die Hände nicht frei habe, sonst …“

„Sonst was?“ Max hatte sich neben Matti gestellt. Etwas blass um die Nase blickte er Harry in die Augen. „Wenn Sie auch nur einen Schritt auf meinen Freund zugehen, schreie ich laut um Hilfe. Ich bin mir sicher, es gibt genug Wachpersonal in so einem Gebäude …“

Harry zuckte zusammen und sah sich um. „Wer wird denn hier gleich so übertreiben?! Ist doch gar nichts passiert, nicht wahr? Wir gehen jetzt alle unsere Wege und vergessen das Ganze einfach. Nichts für ungut.“ Mit diesen Worten wandte er sich ab und mischte sich unter die Menge der Wartenden.

15. Kapitel

Vor den Augen der Freiheitsstatue

Die Kinder atmeten auf. Das war gerade noch mal gutgegangen! Max stieß seinen Freund von der Seite an. Typisch Matti! Glück im Unglück. Aber nun wussten sie wenigstens, wo Harry sich befand.
„Dranbleiben, Jungs!", zischte Sophie.
Die drei folgten dem Mann durch die Menschenmenge. Aus dem Lautsprecher der Halle ertönte die Ansage zum Einsteigen. Dann öffneten sich die Türen und gaben den Weg zur Fähre frei. Es war schwierig, Harry im Gedränge nicht zu verlieren. Die Kinder verließen das Gebäude und betraten den Übergang zum Schiff.
Max riss die Augen auf. „Was ist das? Etwa die Fähre?"
Sophie drehte sich zu ihm um. „Klar, das ist die *Staten Island Ferry*. Was dachtest du denn?"
„Na ja, sieht eher aus wie einer dieser gelben Schulbusse, die es in Amerika gibt."
Matti kicherte. „Stimmt. Kann aber schwimmen und ist eindeutig ein paar Nummern größer, oder?"
„Ich hab doch gesagt, es passen alle drauf", erwiderte Sophie und betrat das Schiff. Die Luft war feucht und stickig. Ein Stück weiter vorn lief Harry auf die Treppe zu. Mit etwas Abstand folgten ihm die drei.
„Achtung!", zischte Max. „Er geht hoch."

Die Kinder warteten einen Augenblick, bevor auch sie die Treppe nahmen. Oben angelangt, blickten sie sich um. Von Harry war nichts zu sehen. Dafür spürten die drei den Boden unter ihren Füßen vibrieren. Die Fähre fuhr los.

„Weg ist er!", sagte Matti und schüttelte den Kopf.

„Ach, wird schon nicht so weit sein", erwiderte Sophie. „Vielleicht ist er noch ein Stockwerk höher oder aufs Außendeck gegangen. Auf der Hinfahrt geht das nämlich. Bei der Rückfahrt sind im Winter die Türen wegen des kalten Windes häufig verschlossen."

Ein Deck höher traten die Kinder hinaus zum Heck des Schiffes. Die Kälte trieb ihnen Tränen in die Augen, doch die Aussicht auf die Skyline von Manhattan ließ sie alles vergessen. „Mann, das hast du uns gar nicht verraten, Sophie! Der Ausblick ist ja mega!", rief Matti aus.

Sophie lächelte. „Das ist nicht das Einzige, was ihr auf der Fahrt super sehen könnt. Dauert aber noch ein bisschen."

„Okay", sagte Max. „Wir müssen sowieso erst mal schauen, wo Harry hin ist." Sie verließen das Heck der Fähre und liefen suchend das Außendeck hinunter. Es war gar nicht so leicht, inmitten all der Passagiere jemanden zu finden.

„Mann! Wo ist der denn? Uns läuft die Zeit davon!" Max versuchte, über die vielen Köpfe hinwegzublicken. Neben ihm kletterte Matti auf eine der Sitzbänke, die an der Seitenwand des Decks befestigt waren. Eine alte Dame warf ihm einen bösen Blick zu. „He, Matti!", zischte Max. „Runter da mit deinen dreckigen Stiefeln."

Doch Matti hörte ihn nicht. Am Ende des Ganges sah er Harry stehen. Mit finsterer Miene drehte der Mann sich um. Matti zuckte

zusammen und sprang von der Bank. Hatte Harry ihn entdeckt?
„Max! Sophie! Ich hab ihn! Er steht da hinten mit der Mappe unterm Arm. Hoffentlich hat er mich nicht gesehen!"
„Und wenn schon", bemerkte Max. „Er weiß ja nicht, dass wir seinetwegen auf der Fähre sind."
„Apropos entdecken", rief Sophie und zeigte aufs Wasser. „Ich hab's euch doch beim Frühstück erzählt: Die *Statue of Liberty*! Ist sie nicht wunderschön?"
Matti und Max rissen die Augen auf. Tatsächlich! Ein Stück weit entfernt stand auf einer verschneiten Insel die *Freiheitsstatue*. Die zwei Freunde drängten an die Reling, um besser sehen zu können. Matti spürte, wie er Gänsehaut bekam. „Max! Selfie, okay?" Der hatte sein Handy längst gezückt und wandte sich an Sophie: „Kommst du auch mit aufs Bild?"
„Nö, macht ihr mal. Aber beeilt euch! Sonst findet die Übergabe der Mappe ohne uns statt." Die Jungs nickten und schauten in die Kamera. Als sie fertig waren, reichte Max seinem Freund das Handy. „Hier! Nimm! Es könnte gleich nützlich sein, noch ein paar Fotos zu machen."
Matti nickte. „Okay, geht klar. Seht ihr ihn schon?" Sophie und Max schüttelten die Köpfe. Vorsichtig schlängelten sich die Kinder durch die Menschenmenge.
„Wenn ich mir vorstelle, dass hier gerade ein gestohlener van Gogh herumschwirrt ... Leute da wird's mir ganz anders", sagte Max und hielt das Handy griffbereit in den kalten Fingern.
„Ja", meinte Sophie, „ein bisschen mulmig ist mir auch. Die Typen sind bestimmt nicht ungefährlich. Wie gut, dass Harry und seine Kumpels nicht wissen, dass wir ihnen auf der Spur sind."

„Wir müssen echt vorsichtig sein", warnte Max, „soviel ist klar."
„Ach, Kinderspiel", entgegnete Matti, und seine Freunde kicherten. Sophie stellte sich auf die Zehenspitzen, um mehr zu sehen.
„Wie viel Zeit bleibt uns denn?", fragte Matti. Sophie schaute auf ihre Uhr. „Die Hälfte der Fahrt ist jetzt vorbei. In zehn Minuten erreichen wir *Staten Island*."
„Ich gehe vor", sagte Max. „Matti? Du bist hinter mir und machst unauffällig Fotos."
„Und was ist mit mir?", fragte Sophie.
„Du hältst die Augen auf und bildest die Nachhut. Alles klar?"
Matti und Sophie nickten.
Sie näherten sich dem Ende des Ganges. Plötzlich gab Max ihnen ein Zeichen. Nur wenige Meter entfernt standen Harry und ein zweiter Mann. Matti zückte das Handy. Da! Opa Walters Cousin griff nach der Mappe und reichte sie dem Unbekannten. Der nahm sie entgegen und verschwand kurz darauf im Inneren der Fähre. Harry blieb zurück und blickte hinaus aufs Wasser.
„Adieu, Vincent van Gogh", murmelte Sophie hinter den Jungs.
„Hast du die Fotos?", fragte Max seinen Freund. Der hielt den Daumen hoch. „Okay, dann lasst uns verschwinden!" Sophie seufzte laut auf, und Max ahnte, was das Mädchen beschäftigte. „Ich verspreche dir, wir suchen Rudy. Nur hier können wir Harry nicht unauffällig folgen. Wer weiß, wo er nach der Fahrt hingeht."
„Aber das nächste Treffen ist doch erst in drei Tagen", wandte Sophie ein. „Was ist, wenn Harry dem Dackel etwas antut?"
Max schüttelte den Kopf. „Das wird er nicht. Überleg doch mal! Wenn Rudy etwas zustößt, hilft Opa Walter seinem Cousin bestimmt nicht mehr. Das setzt Harry nicht aufs Spiel.

Außerdem ist das nächste Treffen im *Central Park*. Da können wir uns viel besser verstecken."
Sophie nickte. „Ich hoffe nur, Rudy geht es gut." Währenddessen machte Matti weitere Fotos. „Und jetzt von hier", sprach er mit sich selbst, lehnte sich ein Stück vor und hob das Handy in die Luft. „Ich hab's gleich, nur noch das eine Foto, okay?" In dem Moment drehte Harry sich um und blickte in Richtung der Kinder. Den dreien stockte der Atem.
„Rückzug!", zischte Max. „Beeilt euch! Und zusammen bleiben." Die Freunde mischten sich unter die Menschen an Deck und rannten den Gang zurück. Immer wieder drehten sie sich um. War das Harry, der sich hinter ihnen durch die Menge schob? „Schneller!", rief Max den anderen zu.
Matti erreichte als Erster die Treppe zu den unteren Decks und eilte die Stufen hinunter. Unten angekommen, stießen sie auf eine Gruppe Schulkinder, die offensichtlich einen Tagesausflug machten. Sophie hielt Matti und Max an. „Los! Wir stellen uns dazu. Da findet uns Harry bestimmt nicht. Und selbst wenn, traut er sich nicht an uns ran." Die Jungs nickten. Gute Idee!
Laut ertönte das Hupen der Fähre und fuhr den Kindern in die Glieder. „Wir sind gleich da, oder?", flüsterte Matti. Sophie nickte. „Dann müssen alle runter von der Fähre. In dem Gewusel sind wir sicher."
Matti und Max warfen einander einen Blick zu. Und wenn nicht?

16. Kapitel

Harry sieht rot

Der Weg von der Fähre erschien den Kindern unendlich lang. Alle paar Sekunden drehten sie sich um und hielten Ausschau nach Harry. Glücklicherweise sahen sie ihn nicht. Hatten sie sich getäuscht? War der Blick in ihre Richtung Zufall gewesen?

Sie verließen das Schiff und liefen zum Eingang des St. George Terminals. „He, Leute! Wir haben's geschafft", rief Matti aus. „Mann, bin ich froh!"

„Ja! Ich hatte auch ein ganz schlechtes Gefühl", stimmte Sophie ihm zu. „Lasst uns hier kurz verschnaufen, und dann ab zurück nach Manhattan!"

Sie lief voran durch die weit geöffnete Schiebetür. Da schnellte eine Hand hervor, und im nächsten Moment hörten Matti und Max Sophies Schrei. Ohne zu zögern, rannten die Jungen los, um ihrer Freundin zu helfen.

Direkt hinter der Tür erwartete sie Harry. Er grinste fies. Das Mädchen hielt er grob am Arm. „Habt wohl gedacht, ich sehe euch nicht, ihr Nervensägen?" Mit schmalen Augen blickte er auf Sophie runter. „Kleiner Tipp: Der rote Mantel war's. Konnte man ja nicht übersehen."

Sophie zuckte zusammen. Wie hatte sie nur so dumm sein können! Der Griff um ihren Arm war fest, und ihre Beine fingen an zu zittern. Harry streckte die freie Hand aus. „Wenn ihr nicht

möchtet, dass eurer kleinen Freundin hier was passiert, dann rückt mal ganz schnell das Handy mit den Fotos raus."

Max ging einen Schritt auf ihn zu. „Sie lassen sofort ihren Arm los! Erst bedrohen Sie meinen Freund und dann noch ein Mädchen. Haben Sie mich vorhin nicht gehört? Wir alarmieren hier gleich sämtliches Wachpersonal!"

„Genau!", stimmte Matti mit ein. „Und ich kann richtig laut schreien!" Er holte gerade tief Luft, als Harry Sophies Arm losließ und das Mädchen in Richtung der Jungs schubste. „Passt gut auf euch auf!", zischte er. „Wir haben uns nicht zum letzten Mal gesehen!" Dann verschwand er in der Menschenmenge.

Matti und Max nahmen Sophie in ihre Mitte. Das Mädchen atmete tief durch. „Danke für eure Hilfe, Jungs! So ein mieser Typ!" Sie rieb sich den Arm.
Max sah das Mädchen an. „Alles klar?"
Sophie seufzte auf. „Ja, schon okay. Mann! War echt schlau von mir mit den roten Klamotten."
Matti schüttelte den Kopf. „Jetzt mach dich mal nicht verrückt. Das hätte Max und mir auch auffallen können. Ist es aber nicht. Also Schwamm drüber. Nur – was machen wir jetzt? Wollen wir die Polizei verständigen? Vielleicht reicht denen Harrys Zettel zusammen mit den Fotos, um die Kunsträuber zu stoppen."
„Kommt gar nicht in Frage!", fiel Sophie ihm ins Wort. „Harry hat immer noch Rudy! Und die Polizei interessiert sich bestimmt für die gestohlene Kunst, aber doch nicht für einen vermissten Rauhaardackel."
Max legte die Stirn in Falten und überlegte. „Hmmm. Da ist was dran. Trotzdem, mir gefällt das nicht. So, wie wir Harry gerade kennengelernt haben, möchte ich ihm eigentlich nicht im *Central Park* begegnen."
„Wer sagt denn, dass wir da alleine hingehen?", warf Matti ein. „Wir nehmen natürlich Opa Walter mit."
Sophie strahlte ihn an. „Genau! Das ist eine super Idee!"
Doch Max blieb still. Opa Walter war riesig und kaum zu übersehen. Was, wenn Harry seinen Cousin entdeckte?

Endlich war er da, der Tag des nächsten Treffens. Voller Unruhe hatten die Kinder ihm entgegengefiebert. Ihre Gedanken drehten sich um Harry, die gestohlene Kunst und vor allem um Rudy.

Dabei hatten sie versucht, sich abzulenken: mit Schlittenfahren im *Central Park*, alten Filmen von Miss Gloria und einem Besuch der Theaterproben von Helen und Magnus.
Nun saßen sie mit Schatten unter den Augen am Frühstückstisch, während draußen die Schneeflocken durch die Luft tanzten. Es war ungewöhnlich ruhig in der Runde. Nur Molly lief umher und verwöhnte alle mit frischen Waffeln und Obstsalat. Magnus nahm einen Bissen und trank einen großen Schluck Kaffee. „Molly, am liebsten würde ich dich mitnehmen, wenn es wieder zurück nach München geht. Deine Kochkünste sind unschlagbar."
Molly schüttelte lachend den Kopf und brachte erneut dampfende Waffeln zum Tisch. Helen drohte mit dem Zeigefinger und sah ihren alten Freund schmunzelnd an. „Untersteh dich, mein Lieber! Unsere Molly geben wir nicht her." Ihr Blick fiel auf die Kinder. „Ist irgendwas vorgefallen? Hattet ihr Streit?", fragte sie besorgt.
Sophie seufzte. „Nein, Mama. Bei uns ist alles gut. Wir sind einfach ein bisschen müde. Haben ja auch viel erlebt in den letzten Tagen."
Matti und Max wechselten einen Blick. Das konnte man wohl sagen. Und was heute auf sie zukam, stand in den Sternen.
Magnus atmete erleichtert auf. „Prima, da bin ich ja froh! Helen und ich müssen gleich los. Morgen Abend ist Premiere, und bis dahin haben wir noch viel zu tun."
Die Erwachsenen schoben ihre Stühle zurück. „Macht es euch heute Morgen gemütlich hier drinnen!", schlug Magnus vor und nahm sich eine weitere Waffel als Wegzehrung vom Teller.
„Ja, wir bleiben in der Wohnung und chillen", versprach Matti seinem Papa.
„Wir gehen nachher höchstens mal zu Opa Walter", warf Max ein.

„Na, dann ist ja alles gut", sagte Helen und lächelte. „Habt einen schönen Tag, Kinder, und bis heute Abend."

„Wenn die wüssten", meinte Sophie kurze Zeit später, als sie mit den beiden Freunden den Gang zu Opa Walters Wohnung hinunterlief.
„Ja", sagte Max nachdenklich. „Ich hoffe, es ist kein Fehler, dass wir nichts verraten haben."
„Ach, Quatsch!" Mattis blaue Augen funkelten. „Wir haben Opa Walter dabei, was soll uns da schon passieren. Hoffentlich ist er da, in den letzten Tagen war das ja nicht so."
Sophie klopfte laut an die Tür. Die Kinder warteten einen Moment, doch auch heute kam kein Laut aus dem Inneren der Wohnung.
Max runzelte die Stirn. „Los! Klopf noch mal!" Hinter der Tür blieb es still.
„Komisch. Wo kann er denn hin sein?", fragte Sophie. Die Jungen schauten sie ratlos an.
„Keine Ahnung", antwortete Matti. „Was jetzt? Papa und Helen können wir so kurz vor der Premiere schlecht stören."
„Wir müssen einfach besser aufpassen, wenn wir heute Mittag in den Park gehen", sagte Sophie. „Ich ziehe auch nichts Rotes an, versprochen."
„Gute Idee", meinte Matti und zwinkerte ihr zu.
Max seufzte. Ihm war nicht wohl bei der Sache. „Ich schicke Vicky eine Nachricht. Es ist bestimmt besser, wenn jemand Bescheid weiß, was wir vorhaben. Und die Fotos von Harry und seinen Kumpanen bekommt sie auch gleich. Nur so zur Sicherheit."

17. Kapitel

Die Falle

Mittags hörte es auf zu schneien. Die Kinder liefen durch die weiße Landschaft des Parks. Unter ihren Füßen knirschte der Schnee, wenn sie auftraten. „Ist ja ganz schön weit", seufzte Matti. „Meint ihr, wir laufen überhaupt zum richtigen Engel? Es gibt hier doch bestimmt mehrere."

„Schon möglich", antwortete Sophie und holte Harrys Zettel hervor. „Aber nur einen, den jeder kennt. Er thront auf einem Brunnen mitten im *Central Park*, dem *Bethesda Fountain*, und heißt *Angel of the Waters*, also Engel über den Gewässern."

Max hob die Augenbrauen. „Ich glaube, der ist aus Filmen bekannt, oder?"

„Bestimmt", sagte Sophie und bog von der verschneiten Baumallee ab, durch die sie liefen. „Ab sofort bewegen wir uns besser auf Seitenwegen. Ich will nicht, dass man uns schon von Weitem sieht, und es dauert nicht mehr lange, bis wir da sind."

„Wo verstecken wir uns eigentlich?", fragte Matti. Sophie überlegte kurz. „An der Anlage befindet sich ein Säulengang. Das dürfte ein guter Platz sein."

„Ich wünschte nur, Opa Walter wäre dabei", murmelte Max.

„Ja, ich auch", sagte Matti. „Aber hinter einer Säule zu verschwinden, ist bestimmt nicht einfach bei seiner Größe." Sophie zuckte mit den Schultern. „Hauptsache, wir machen diesem fiesen Harry einen Strich durch die Rechnung." Ein Jogger lief an den Kindern vorbei und ließ sie zusammenzucken. „Meine Güte!", sagte Max und atmete tief durch. „Wir sind ja ganz schön zappelig. Ich schlage vor, wir gehen unseren Plan noch mal durch."

„Okay", antwortete Sophie. „Im Säulengang warten wir, bis Harry kommt und das gestohlene Bild ..."

„... Miss Glorias Kleckskunst!", unterbrach Matti sie.

„... also das Jackson-Pollock-Gemälde an einen seiner Kumpels weitergibt", fuhr Sophie fort. „Sobald er die Brunnenanlage verlässt, folgen wir ihm. Hoffentlich führt er uns auf direktem Wege zu Rudy."

„Und dann ruf ich über mein Handy die Polizei", sagte Max. „Wir sollten übrigens einen Zacken zulegen. In einer Viertelstunde ist es eins."

Der Wind hatte den Schnee im gefliesten Säulengang verteilt. Statt des gemusterten Bodens sah man die Fußspuren unzähliger Spaziergänger. Die Kinder versteckten sich hinter den Säulen. Ein Stück entfernt sahen sie die Bronzestatue des Engels über der Anlage thronen. Es dauerte nicht lange, da ging ein Mann in dunklem Mantel auf den Brunnen zu. Unter dem Arm trug er eine lange Rolle. Sophie hielt die Luft an. Es war Harry. Und neben ihm her lief ein kleiner Rauhaardackel.

„Rudy! Da ist er! Und es geht ihm gut." Sophie atmete auf, und Tränen schossen ihr in die Augen. Der Hund schien ihre Nähe zu wittern. Laut bellend zog er an der Leine. Matti spürte, wie er trotz der Kälte anfing zu schwitzen. „Oh Mann, er wird uns noch verraten!" Gebannt blickte er zu den anderen, die wie versteinert dastanden. Harry schimpfte und riss den Rauhaardackel grob zurück. Dann gab er ihm einen Tritt. Rudy jaulte auf.

„Dieser Mistkerl!", zischte Max und hielt Sophie gerade noch rechtzeitig am Ärmel fest. „Bleib da! Wir befreien ihn, ich versprech's dir, Sophie. Aber jetzt ist nicht der richtige Zeitpunkt."

Ein Stück entfernt hörten die Kinder jemanden den Säulengang hinuntereilen. „Achtung!", rief Matti. „Schnell! Zieht euch zurück!" Ein Mann lief an den Säulen vorbei in Richtung Brunnen. Harry nickte zum Gruß, während Rudy beide anknurrte.

„Jungs! Macht Fotos!", flüsterte Sophie. Max reichte Matti das Handy. Der streckte die Hand ein kleines Stück hinter der Säule hervor und schoss blind ein paar Bilder.

„Seht ihr was?", fragte Sophie und lehnte sich etwas weiter vor. Max nickte. „Harry übergibt dem Typ gerade die Rolle. Oh je!

Miss Glorias Gemälde! Ich hoffe, die Fotos helfen der Polizei, den Ganoven das Handwerk zu legen."
„Und was ist mit Rudy?" Sophies Stimme zitterte.
„Die Männer haben sich verabschiedet, und Harry zieht ihn gerade an der Leine weg", informierte Matti sie und gab Max das Handy zurück. „Hier, nimm! Ich hab die Fotos ..."
„Alles klar, ich schick sie noch schnell an Vicky weiter. Sicher ist sicher."
„Hallo?", unterbrach ihn Sophie. „Wir müssen hinterher und dürfen keine Zeit verlieren!" Das Mädchen wartete, bis Harry um die nächste Ecke bog, und rannte los. Schnee wirbelte hinter ihr durch die Luft.
„Warte!" rief Matti ihr nach, und nachdem Max das Foto abgeschickt hatte, versuchten die beiden Jungen, Sophie einzuholen. Max staunte. Sie war echt schnell!
Die Verfolgungsjagd dauerte eine ganze Weile. Immer wieder versteckten die Kinder sich hinter Bäumen, um außer Sichtweite zu bleiben. Große und kleine Wege, über Brücken und an Felsen vorbei, lief Harry durch den Central Park. Den Rauhaardackel zog er hinter sich her. An einem schmalen Pfad blieb er stehen und sah sich um. Was hatte er vor?
Opa Walters Cousin ging auf ein altes Gärtnerhäuschen zu. An dem fensterlosen Gebäude blätterte der Putz ab. Rudy winselte, als Harry die Tür aufschloss und den Hund an der Leine in die Dunkelheit zog.
Kurze Zeit später kam er wieder heraus und verschloss den Schuppen hinter sich. Ohne sich noch einmal umzudrehen, lief Harry in die Richtung zurück, aus der er gekommen war. Die

Kinder versteckten sich tief im Gebüsch. Erst als der Mann außer Sichtweite war, wagten sie sich hervor.
Sofort rannte Sophie zum Schuppen, mit Matti und Max dicht auf den Fersen. Das Bellen des Rauhaardackels war nun deutlich zu hören. „Rudy!", rief das Mädchen, „Ich bin's, Sophie. Wir holen dich da raus!"
Sie rüttelte an der Klinke. Max trat neben sie und drückte den Griff hinunter. Die Tür öffnete sich. Überrascht schauten sich die Kinder an. Wieso hatte Harry nicht abgeschlossen?
„Los!", drängte Max. „Lasst uns den Hund holen, und dann nichts wie weg!" Die drei betraten den Schuppen. Es war kalt und dunkel. An einer Wand standen Gartenwerkzeuge. In der Mitte des Raumes lagen riesige Rollen, in Folie verpackt. Es roch nach Reinigungsmitteln. Sophie stürzte auf Rudy zu, der an einem Rohr angeleint war. Sie schloss den kleinen Hund in die Arme. „Jetzt wird alles gut. Wir bringen dich zu Opa Walter."
Ein raues Lachen erklang. Die Kinder erstarrten und drehten sich langsam um. In der Tür stand Harry, und seine dunklen Augen funkelten. „So schnell sieht man sich wieder. Ich muss schon sagen, es gibt keinen besseren Lockvogel als den blöden Hund meines Cousins. Ihr dachtet wohl, ich merke nicht, dass ihr mir die ganze Zeit gefolgt seid. Nun werdet ihr dem Köter erst mal Gesellschaft leisten, bis unsere Arbeit erledigt ist. Oder was meinst du, Jim?"
Ein zweiter Mann erschien neben Harry und sah die Kinder mit einem durchdringenden Blick an, während er die Handschuhe auszog und seine Fingergelenke knacken ließ.
„Und jetzt her mit dem Handy!", zischte Harry den dreien zu. „Ich will die Fotos."

Matti zog seine Mütze vom Kopf. „Entschuldigen Sie, Sir. Wir sind das erste Mal in New York und Fotografieren ist meine Leidenschaft. Wissen Sie, meine Mutter ist Fotografin und ich hab ihr Talent geerbt. Wenn ich ein gutes Bild sehe, dann muss ich es machen. Sie, mein werter Herr, sind ein so tolles Motiv, da musste ich einfach auf den Auslöser drücken. Immer und immer wieder …"
Sprachlos sah Max seinen Freund an. Was hatte er vor? Hinter den Männern fiel Licht durch die Tür in den dunklen Raum. Wollte Matti die Gangster ablenken? Er wusste, wie schnell Max rennen konnte. Wenn er erst an den Männern vorbei war, würde er nicht zu stoppen sein und konnte Hilfe holen.
Max zögerte nicht und machte einen Satz auf die Tür zu. Fast hätte er es geschafft. Doch Harrys Kumpan erwischte ihn am Ärmel und zog ihn unsanft zurück. Mattis Redeschwall verstummte.
„Hiergeblieben!", befahl Harry. „Jim, durchsuch die Jacke nach dem Handy!"
„Geht klar!" Der Mann griff Max in die Jackentaschen und zog das Gerät hervor. Dann hielt er es dem Jungen unter die Nase. „Gib den Code ein!" Max musste wohl oder übel gehorchen. Jim gab Harry das Handy und stieß Max unsanft zurück ins Innere des Raumes. Opa Walters Cousin wandte den Kindern den Rücken zu. Als er sich wieder umdrehte, zog sich ein Grinsen über sein Gesicht. „Eure jämmerlichen Fotos sind gelöscht. Jedes einzelne. Ihr macht mir keine Probleme mehr." Jim und er lachten. „Und jetzt macht's euch mal gemütlich hier drinnen."
Die Männer verließen den Schuppen, und die Kinder hörten, wie der Schlüssel sich im Schloss drehte. Sie saßen in der Falle.

18. Kapitel

Wie im Wilden Westen

Es war dunkel und kalt im alten Gärtnerhaus. Mit vereinten Kräften hämmerten Matti, Max und Sophie an die Tür und riefen um Hilfe. Doch keiner kam.

„Mann, wie konnten wir Harry nur so auf den Leim gehen! Wir sind echt super Detektive! Nicht mal ein Handy für den Notruf haben wir jetzt“, schimpfte Matti.

„Bleib cool!“, unterbrach ihn Max. „Lasst uns lieber überlegen, wie wir hier rauskommen. Sophie? Irgendeine Idee?“ Das Mädchen seufzte. „Nein, keine Ahnung. Hier ist ja nicht mal ein Fenster.“ Sie zog einen Handschuh aus, um Rudy zu streicheln. Der kleine Hund leckte ihre Hand, dankbar, nicht mehr allein eingesperrt zu sein.

Kurze Zeit herrschte völlige Stille, dann fing Rudy plötzlich an, laut zu bellen. „Was hat er denn, Sophie?“, fragte Matti mit klappernden Zähnen.

„Pssssst. Seid mal ruhig“, unterbrach ihn Max. „Ich glaub, ich hör da was.“

Eine Stimme ertönte vor der Tür. „Kinder? Rudy?“

Sophies Augen leuchteten auf. Diese Stimme kannte sie doch. „Opa Walter! Opa Walter! Wir sind’s! Lass uns bitte raus!“ Matti und Max atmeten auf. Das war ja gerade noch mal gutgegangen.

„Kinder? Wartet kurz! Harry hat den Schlüssel unter einem Kübel versteckt. Ich hol ihn schnell.“

„Hast du gehört, Rudy?“, sagte Sophie. „Es ist Opa Walter. Gleich sind wir frei.“
„Wuff!“, antwortete der Rauhaardackel.
„Mannomann!“, meinte Matti. „Haben wir ein Glück!“
„Ja“, stimmte Max ihm zu. „Das hätte echt danebengehen können.“
Kurze Zeit später öffnete sich mit lautem Quietschen die Tür, und vor ihnen stand Opa Walter. Sophie und Rudy stürzten auf ihn zu. Er drückte beide fest an sich. „Kinder, was macht ihr denn nur für Sachen? Wieso seid ihr überhaupt hier? Ich darf mir gar nicht vorstellen, was euch hätte passieren können!“
„Opa Walter“, unterbrach ihn Max, „wir müssen sofort zur Polizei. Harry kann noch nicht weit sein.“
Opa Walter stand auf, mit Rudy im Arm. „Du hast recht, mein Junge. Habt ihr vielleicht ein Handy?“
Die Jungen schüttelten die Köpfe. „Nein, das hat Harry uns weggenommen“, erklärte Matti.
Entsetzt sah der alte Herr sie an. „Ich schäme mich für meinen Cousin. Aber von so etwas lassen wir uns nicht stoppen, Kinder. Kommt mit! Auf zur Polizei! Wenn wir Glück haben, ist Harry bis dahin noch nicht über alle Berge.“
Die kleine Gruppe lief los. Rudy blieb neben Opa Walter und ließ sein Herrchen nicht mehr aus den Augen. Der Schneefall hatte zugenommen und im Park herrschte Stille. Opa Walter war bald außer Atem und die Kinder verlangsamten ihr Tempo. Matti und Max warfen einander einen Blick zu. So würden sie niemals rechtzeitig die Polizei erreichen.

Da hörten sie hinter sich ein Schnauben. Die drei drehten sich um. Hoffentlich nicht Harry! Doch angetrabt kam niemand anderes als Officer Jones auf ihrem Pferd Brooklyn.
Die Kinder winkten und schrien wie aus einem Munde: „Polizei! Hierher! Hilfe! Officer Jones!“
Die Polizistin erhöhte ihr Tempo und lenkte Brooklyn auf die Gruppe zu. „Na hallo, euch kenn ich doch. Was ist denn los?“

Officer Jones konnte kaum glauben, was sie hörte, und griff sofort zu ihrem Funkgerät. „... ja, ich brauche Verstärkung. Zwei der gesuchten Kunsträuber wurden im *Central Park* gesichtet. Sofort alle Ausgänge versperren. Einer der Männer trägt einen dunklen Mantel ..."
Die Polizistin beendete ihre Meldung und wandte sich an Opa Walter: „Bringen Sie die drei raus aus dem *Central Park* ins Warme." Sie reichte ihm ihre Telefonnummer. „Melden Sie sich bei mir, sobald Sie in der Nähe eines Telefons sind. Wir brauchen noch Ihre Aussage." Sie nickte dem alten Herrn und den Kindern zu und ritt los.
Matti schüttelte den Kopf und sah Officer Jones und Brooklyn nach. „Wahnsinn! Ist ja wie im Wilden Westen hier. Cool! Gaunerjagd mit Pferd."
Max grinste, und Sophie rollte mit den Augen. „Pffff, typisch Jungs! Wilder Westen? Hauptsache, sie schnappen Harry und den Rest seiner Bande."
Opa Walter seufzte. „Es ist furchtbar mit Harry! Er ist einfach kein guter Mensch. Erst entführt er meinen Rudy, damit ich für ihn Fälschungen berühmter Gemälde anfertige, und dann sperrt er auch noch Kinder ein."
„Du bist auf jeden Fall ein guter Mensch, der beste sogar", unterbrach ihn Sophie. „Und wisst ihr, wo wir jetzt hingehen? Zu Miss Gloria! Die wohnt hier um die Ecke."
Matti und Max strahlten. Sie konnten sich bei der Kälte nichts Besseres vorstellen als eine Tasse Heiße Schokolade mit Mellows. Und Miss Gloria würde sicher auch wissen wollen, was mit ihrem Gemälde geschehen war.

Die Gruppe stapfte durch den Schnee und hatte bald einen Parkausgang erreicht. „Wie hast du uns eigentlich gefunden?“, fragte Max Opa Walter. „Und wo warst du heute Morgen? Wir haben nämlich bei dir geklingelt.“

„Heute Morgen ging es für mich früh los. Ich musste doch meinen Rudy wiederfinden. Mir war klar, wenn Harry erst mal erfährt, dass ich ihm nicht mit den Fälschungen helfe, werde ich meinen Hund nie wiedersehen. Da habe ich den Spieß umgedreht und ihm hinterherspioniert.“ Sprachlos lauschten die Kinder seinen Worten. Das hätten sie Opa Walter gar nicht zugetraut. Der alte Mann sprach weiter: „Mittags holte Harry dann Rudy aus dem Schuppen. Ihr könnt euch gar nicht vorstellen, wie erleichtert ich war, als ich sah, dass es meinem Kleinen gut ging.“ Der Rauhaardackel bellte. Er wusste genau, dass über ihn gesprochen wurde.

„Ja, und weiter?“, fragte Max, und Opa Walter fuhr fort: „Dann habe ich euch Kinder am Brunnen gesehen, wie ihr meinen Cousin beobachtet habt. Der Schreck ist mir in alle Glieder gefahren. Ich wollte euch zu mir rufen, aber ich war zu weit weg. Bis zum Gärtnerhäuschen bin ich euch gefolgt. Und dort sah ich auch diesen Jim hinter einem Busch versteckt auf Harry warten, um euch in die Falle zu locken.“

„Gut, dass du uns befreit hast!“, sagte Sophie, und der alte Mann nahm ihre Hand fest in seine.

19. Kapitel

Berliner Beweise

Die Kinder wärmten sich an ihren Bechern mit heißer Schokolade. Das Tanzen der Schneeflocken vor den Fenstern des Wohnzimmers ließ die drei zur Ruhe kommen. Miss Gloria saß kopfschüttelnd neben Opa Walter. „Du liebes bisschen, in was seid ihr da nur hineingeschlittert? Agatha hat gerade Helen und Magnus verständigt. Sie sind schon auf dem Weg hierher und die Polizei auch. Ich darf gar nicht daran denken, was euch hätte passieren können."

Matti trank einen Schluck und leckte sich die Lippen. „Immer noch die beste heiße Schokolade weit und breit, Miss Gloria. Ist echt schön, hier zu sein." Rudy bellte zustimmend, und alle Anwesenden fingen an zu lachen.

Max blickte auf die leere Wand. „Ich hoffe, die erwischen die Bande, Miss Gloria. Dann bekommen Sie nämlich Ihren Jackson Pollock zurück."

Die Schauspielerin lächelte Max an. „Wie lieb von dir, mein Junge. Das würde mich natürlich unheimlich freuen."

Helen und Magnus erreichten die Wohnung noch vor der Polizei. Erleichtert atmeten sie auf, als sie sahen, dass es den Kindern gut ging. Es klingelte erneut. Agatha kam mit Officer Jones in den Raum.

„Und? Haben Sie die beiden im Park geschnappt? Mit den Pferden? Und einem Lasso?" Mattis blaue Augen strahlten.

Officer Jones schmunzelte. „Immer mit der Ruhe, junger Mann. Nein, ein Lasso brauchten wir nicht. Aber wir haben die Ganoven tatsächlich noch im *Central Park* aufgespürt und sie mit den Pferden ein Stück verfolgt, bis wir sie schnappen konnten."

„Wahnsinn! Das hätte ich echt gern gesehen!" Mattis Augen leuchteten. „Die Typen haben bestimmt nicht schlecht gestaunt."

Magnus wandte sich an die Polizistin. „Und wie geht es nun weiter? Ich hoffe, die Männer sind inzwischen hinter Gittern."

„Da können Sie unbesorgt sein", beruhigte ihn Officer Jones. „Die bleiben auch erst mal dort. Kinder gegen ihren Willen einzusperren ist kein geringes Verbrechen. Nur zu der geraubten Kunst fehlt uns bis jetzt noch jede Spur."

Matti seufzte und wandte sich an Max. „Ist ja auch zu blöd, dass Harry dir das Handy abgenommen hat."

Officer Jones griff in ihre Uniformtasche. „Das hätte ich fast vergessen. Gehört das vielleicht euch?", fragte sie und hielt etwas in die Höhe.

Max nickte, und ein Lächeln breitete sich auf seinem Gesicht aus. „Ja, das ist mein Handy", sagte er und nahm es glücklich entgegen.

„Super!", rief Sophie. „Zu dumm nur, dass Harry die Fotos gelöscht hat. So sind die Beweise alle weg."

„Welche Beweise?" Officer Jones sah die Kinder fragend an. Max erzählte ihr der Reihe nach von dem Fund des gelben Zettels, den Treffen der Kunsträuber und den Fotos.

„Bestimmt hätte die Polizei auf den Bildern ein paar der Typen erkannt", warf Matti ein.

„Kinder, das gibt's ja nicht! Ihr habt Fotos von der Bande gemacht?"

Officer Jones schüttelte ungläubig den Kopf. „Und die Männer haben alle Bilder gelöscht?" Matti und Sophie nickten, doch Max blieb still. Nachdenklich schaute er auf das Handy in seiner Hand. Dann huschte ein breites Grinsen über sein Gesicht.
„Mensch, Leute! Wir haben Vicky vergessen!", rief er und rannte aus dem Zimmer. Matti und Sophie sahen ihm mit großen Augen hinterher. Was hatte er vor? Max ließ sie nicht lange warten. Strahlend kam er kurze Zeit später zurück. „Ich hab die Bilder!" Die Anwesenden sahen den Jungen mit der wilden roten Mähne erstaunt an. Max erklärte weiter: „Wir hatten die Fotos an meine beste Freundin Vicky nach Berlin geschickt. Nur so zur Sicherheit. Da ist zwar jetzt schon Abend, aber sie war noch wach und konnte gar nicht glauben, was uns heute passiert ist. Gerade hat sie mir die Bilder zurückgemailt. Die Beweise, sie sind alle wieder da!"
Matti tanzte um seinen Freund herum. „Wie cool ist das denn? Mannomann, ohne Vicky würden wir mal wieder ganz schön doof dastehen!" Er wandte sich an Magnus: „Papa, sie war es auch, die den Zettel mit den Kunstrauben in Verbindung gebracht hat."
Max wartete nicht weiter und zeigte Officer Jones die Fotos. Bei einigen bat sie ihn zu warten und zoomte die Gesichter heran. Als sie alle gesehen hatte, drehte sie sich zu den Kindern. „Damit haben wir sie. Zwei der Männer kenne ich, und die restlichen werden wir anhand der Bilder identifizieren. Da bin ich mir sicher. Es ist nur noch eine Frage der Zeit, bis wir sie schnappen. Dank eurem Mut wird dem ganzen Spuk nun ein Ende gesetzt." Matti, Max und Sophie strahlten um die Wette.
Helen schlug sich die Hand vor den Mund. „Oh Kinder, das ist ja großartig! Herzlichen Glückwunsch!"

„Ja", sagte auch die Polizistin. „Das habt ihr toll gemacht! Ein Rätsel bleibt allerdings, wie die Kunstwerke gestohlen wurden. Häuser wie diese werden rund um die Uhr bewacht."
Der Blick von Max fiel auf den nackten Holzboden. Er erinnerte sich an den Geruch, der ihm in dem dunklen Gartenschuppen in die Nase gestiegen war, und schnipste mit den Fingern. Na klar!
„Ich weiß, wie sie es angestellt haben!", rief er aus.
Die anderen sahen ihn überrascht an. Seine grünen Augen leuchteten, als er weitersprach: „Die Reinigung! Bestimmt war bei

allen Kunstrauben zuvor die Teppichreinigung im Haus. So wie bei Miss Gloria an dem Morgen, als wir sie besucht haben. Ich glaube, die Räuber haben die Leinwände aus den Rahmen gelöst und dann in die Teppiche eingerollt. An Stelle des Originals kam die Kopie an die Wand. Ich wette, die Fälschungen waren in der Folie versteckt, die als Schutz um die Teppiche gewickelt wurde. So konnte alles unauffällig am Wachpersonal vorbeigeschleust werden."

Opa Walter nickte. „Das ergibt Sinn. Mein Cousin Harry arbeitet bei einer Teppichreinigung", erklärte er Officer Jones.

Die Polizistin klopfte Max auf die Schulter. „Herzlichen Glückwunsch, Junge! Damit dürfte der Fall gelöst sein. Du bist ein kluger Kopf. Ich werde deine Hinweise gleich an die Kollegen weitergeben."

Max stand in der Mitte des Raumes und war rot geworden. „Das war ich nicht alleine", wandte er ein und zeigte auf seine Freunde. „Das waren wir alle zusammen."

Officer Jones lächelte. „Dann danke ich euch dreien! Nun muss ich aber los. Es wartet heute noch viel Arbeit auf mich."

Die Polizistin wurde von der kleinen Gruppe fröhlich verabschiedet. Als sie den Raum verlassen hatte, stürmten tausend Fragen auf die Kinder ein. Helen, Magnus und Miss Gloria wollten natürlich alles genau wissen. Immer wieder schüttelte Helen den Kopf. „Mir wird ganz anders. Was euch hätte passieren können ..."

„Ist ja aber alles gut gegangen", beruhigte sie Magnus. „Ich kann nur sagen, da habt ihr ein tolles Abenteuer in New York erlebt, Kinder!"

Die drei stimmten ihm zu. So ganz zu Ende war es allerdings noch nicht.

20. Kapitel

Die Überraschung

Im stockenden Verkehr fuhr das gelbe Taxi den *Broadway* hinunter. Matti und Max saßen neben Sophie und blickten staunend hinaus auf die berühmte Theatermeile mit ihren bunten Leuchtreklamen und Lichtern.

„Schaut mal, das Gebäude mit den ganzen Glühbirnen am Vordach, dort findet die Premiere statt", erklärte Sophie den Freunden. „Ich bin echt schon gespannt, und ihr?"

„Na klar", antwortete Max, während Matti versuchte, den oberen Knopf seines Hemdes zu öffnen. Meine Güte, war dieses Teil unbequem. Wer erfand so was bloß?

Als der Wagen anhielt, zahlten die Kinder und stiegen aus. Im Eingangsbereich war ein roter Teppich ausgelegt. Glücklicherweise schneite es nicht mehr. Die drei griffen nach ihren Tickets und zeigten sie vor. Dann betraten sie das Theater.

„Ich bin das erste Mal bei einem Stück, wo ich jemanden von den Darstellern kenne." Max blickte sich ehrfürchtig um. Matti und Sophie sahen ihn verwundert an. Sie hatten schon viele Aufführungen besucht und wuchsen mit Schauspielern auf. Trotzdem – eine Premiere war immer etwas Besonderes.

„So, jetzt noch die Jacken abgeben und dann rein zu unseren Plätzen, oder?", sagte Max und ging schnellen Schrittes zur Garderobe.

Der Vorhang fiel und nur allmählich ließ der tosende Beifall nach. Matti sah zu seinem Freund, der neben ihm saß und noch immer klatschte. „Na, hat dir wohl gefallen?“
„Das kannst du aber laut sagen. Es war richtig toll!“
Matti stimmte ihm zu. Er hatte Magnus schon oft im Theater besucht. Ihn allerdings am Broadway in New York zu sehen, da bekam er fast selbst Lampenfieber. Plötzlich knurrte sein Magen unüberhörbar.
Max kicherte. „Bloß gut, dass dir das nicht vorhin passiert ist, als es noch mucksmäuschenstill war.“
„Mein Bauch weiß eben, was sich gehört“, sagte Matti und lachte. „Gut, dass wir gleich essen gehen. Wisst ihr eigentlich, wohin?“
„Ich hab da so eine Ahnung“, antwortete Sophie. „Und wenn es das ist, wird’s euch gefallen. Aber mehr verrate ich jetzt nicht.“

Draußen herrschte klirrende Kälte. Helen und Magnus liefen mit den Kindern zügig auf den Eingang des Restaurants zu. Die Köpfe in den Nacken gelegt, sahen Matti und Max hoch und lasen, was dort in hell erleuchteten Buchstaben stand: *John’s Pizzeria*.
Erstaunt blickten sie sich an. Pizza? Sophie machte neben ihnen halt. „Toll, oder?“
„Ja“, meinte Matti. „Haben wir noch niiiie gegessen.“
Sophie kicherte. „Du bist so doof. Das ist doch nicht irgendeine Pizzeria. Ach, wartet’s einfach ab.“
Die drei folgten Helen und Magnus durch die Tür hinein ins Restaurant. Dort wurden sie bereits erwartet. Die Empfangsdame begrüßte die kleine Gruppe herzlich und bat sie, ihr zu folgen.
„Komisch“, murmelte Sophie. „Eigentlich muss man hier immer warten, bis ein Tisch frei wird.“

„Mmmmmh, riechen tut's auf jeden Fall schon mal lecker", sagte Matti, und das Wasser lief ihm im Mund zusammen.
Max sah sich um. Das Restaurant war ungewöhnlich hoch. Eine geschwungene Treppe führte zu einer Galerie mit weiteren Tischen. Auf einem riesigen Wandgemälde war in Schwarz und Weiß *Manhattan* zu sehen. Er schaute nach oben in eine prächtige Glaskuppel. „Wow! Was ist das hier?"
Sophie folgte seinem Blick. „Früher war hier mal eine Kirche, und das merkt man auch an anderen Stellen wie den bunten Glasfenstern oder den alten Kronleuchtern mit Kreuz. Der Altar hat sich angeblich an der Stelle befunden, wo jetzt das große Wandbild ist. Wir kommen oft her, denn heutzutage gibt es hier absolut göttliche Pizza."
Die Empfangsdame führte Helen, Magnus und die Kinder quer durch das Restaurant. Plötzlich blieb Matti stehen. Max und Sophie stolperten gegen ihn und wollten gerade losschimpfen, als sie den Grund dafür sahen.
„Überraschung!", riefen Miss Gloria, Opa Walter und Officer Jones ihnen von einem Tisch aus zu.
Magnus drehte sich zu den Kindern um. „Jetzt wird gefeiert! Und nicht nur die Premiere!"
„Ja." Helen sah die drei stolz an. „Ihr habt schließlich eine Kunsträuberbande auffliegen lassen."
Officer Jones meldete sich zu Wort. „Dank eurer Aussage und der Fotos sitzt inzwischen die ganze Bande hinter Gittern. Das habt ihr gut gemacht!"
„Haben Sie Ihre Kleckskunst zurückbekommen, Miss Gloria?", fragte Matti. Die alte Dame schmunzelte. „Ja, mein Jackson Pollock hängt dank euch wieder da, wo er hingehört."

Opa Walter erhob sein Glas. „Auf Matti und Max! Und auf unsere Sophie! Ohne euch hätte ich meinen Rudy bestimmt noch nicht zurück."

Die drei wurden vor lauter Lob ganz rot. „Stopp!", rief Sophie aus. „Wir dürfen Vicky nicht vergessen. Sie hat uns mit ihren Ideen auf die Sprünge geholfen." Die Jungen nickten.

„Dann war das tolles Teamwork!", sagte Miss Gloria feierlich. „Und das soll auch gewürdigt werden." Sie holte aus ihrer Handtasche einen Umschlag hervor und überreichte ihn den dreien. „Ihr habt mir mit meinem Bild eine große Freude gemacht, und dafür möchte ich euch gerne etwas zurückgeben. Ob heute oder in der Zukunft, mit dem Geld kann sich jeder von euch einen Wunsch erfüllen." Die Schauspielerin lächelte, als sie die begeisterten Gesichter der Kinder sah. Überschwänglich bedankten sich die drei und konnten ihr Glück kaum fassen.

Im Dämmerlicht der alten Kirche füllte sich der Tisch mit duftendem Knoblauchbrot, Salattellern und riesigen Pizzen. Alle langten kräftig zu und lauschten den Geschichten über die Abenteuer der Kinder in New York bis in den späten Abend.

Am Morgen der Abreise begleiteten Sophie, Helen und Molly die anderen nach unten. Bill, der Doorman, hatte ihnen ein Taxi gerufen, und nun standen sie auf dem breiten Bürgersteig und warteten. New York zeigte sich heute von seiner besten Seite. Man sah keine Wolke, und in der Sonne war es deutlich wärmer als an den Tagen zuvor. Sophie hüpfte von einem Fuß auf den anderen. „Molly, kannst du's ihnen nicht schon geben?“ Matti und Max blickten überrascht auf. „Was denn?“, fragte Matti.

Molly lächelte und holte zwei riesige Socken hinter ihrem Rücken hervor. Aus rotem Stoff genäht und mit einer weißen Borte versehen, stand auf der einen „Max“ und auf der zweiten „Matti“.

„Und? Gefallen sie euch? Jetzt habt ihr auch Stockings. Hat Molly extra für euch gemacht. Die könnt ihr dann zum nächsten Weihnachtsfest in Deutschland aufhängen und an euer Abenteuer in New York denken.“

„Wow! Die sind echt toll! Danke!“ Matti hielt die Socke hoch und sah sie von allen Seiten an.

„Ja, vielen Dank“, meinte auch Max. „Ich verspreche aber, vergessen werden wir unsere Zeit in New York mit Sicherheit auch so nicht. Und vielleicht sehen wir uns bald ja mal wieder.“

Sophie nickte. „Das fände ich super.“

„Jungs, da kommt unser Taxi!“, rief Magnus plötzlich. Und tatsächlich, ein gelber Wagen näherte sich und hielt am Rand des Bürgersteiges an. Das Gepäck wurde verstaut, und Matti und Max verabschiedeten sich von Sophie, Helen und Molly. Beim Einsteigen hörten sie ein lautes Bellen und blickten zurück. Es waren Rudy und Opa Walter. Der riesige Mann hob den kleinen Rauhaardackel hoch und beugte sich hinunter zum Taxi. „Macht's gut, ihr beiden! Ihr dachtet doch nicht, dass wir eure Abreise vergessen haben, oder? Guten Flug, Jungs! Ich danke euch!“

„Wuff!“, meldete sich auch Rudy zu Wort. Alle lachten. Dann schloss Opa Walter die Hintertür des Taxis. Magnus drehte sich zu den Jungen um. „Alles klar? Startbereit?“ Matti und Max nickten und der Wagen fuhr los. Gemeinsam sahen sie aus dem Rückfenster. Ihre amerikanischen Freunde standen auf der Straße und blickten ihnen nach. Matti und Max öffneten das Fenster und winkten, bis das Taxi um die Ecke bog.

„Schade, dass es vorbei ist, oder?“, meinte Matti und seufzte.

„Ja! Aber eines weiß ich jetzt schon: Unser nächstes Abenteuer kommt bestimmt“, erklärte Max seinem Freund, während das Taxi in Richtung Flughafen rollte.

Mollys Rezepte

Pancakes

Chocolate Chip Cookies

Cinnamon French Toast

Blaubeer-Muffins

Brownies

PANCAKES

Zutaten für 4 große Portionen:

2 große Eier
240 g Mehl
360 ml Milch
2 Esslöffel brauner Zucker
4 Esslöffel Pflanzenöl
5 Teelöffel Backpulver
½ Teelöffel Salz
etwas Butter
Ahornsirup

Zubereitung:

In einer Schüssel die Eier schlagen, bis sie schaumig sind. Dann alle Zutaten hinzumischen, bis auf die Butter und den Ahornsirup. Aber Vorsicht, nicht zu lange rühren!

Etwas Butter in eine Pfanne geben und auf mittlerer Stufe erhitzen.

Mit einer kleinen oder mittleren Schöpfkelle (je nach gewünschter Pancake-Größe) den Teig in die Pfanne geben. Sobald sich an der Teigoberfläche Blasen bilden, ist es Zeit, die Pancakes zu wenden. Die Pancakes sind fertig, wenn sie von beiden Seiten goldbraun gebacken sind.

In der Zwischenzeit den Ahornsirup erwärmen.

Nun staple die gewünschte Menge Pancakes auf deinen Teller, gib ein Stück Butter oben drauf und gieße den Ahornsirup darüber.

Chocolate Chip Cookies

Zutaten für 20 große Kekse:

280 g Mehl
1 Teelöffel Backpulver
1 Teelöffel Salz
220 g weiche Butter
150 g weißer Zucker
150 g brauner Zucker
1 Packung Vanillezucker
2 große Eier
350 g halbbittere Schokolade zerkleinert

Zubereitung:

Den Backofen auf 180 Grad Celsius (Umluft) vorheizen.

Mehl, Backpulver und Salz in einer Schüssel gut vermischen.

In einer weiteren Schüssel Butter und die verschiedenen Zuckersorten cremig schlagen. Dann erst die Eier hinzugeben und verrühren.

Nun wird die Mischung der trockenen Zutaten eingearbeitet. Ganz zum Schluss die Schokolade hinzugeben und unterrühren.

Für große Kekse einen Esslöffel Teig auf ein mit Backpapier ausgelegtes Backblech geben.

Acht bis zehn Minuten backen, bis die Cookies goldbraun sind. Etwas abkühlen lassen und dann am besten gleich reinbeißen.

Cinnamon French Toast

Zutaten für 4 Portionen:

3 Eier
1 Teelöffel Zimt (engl. Cinnamon)
200 ml Milch
8 Scheiben Hefezopf (vom Vortag)
Butter
Ahornsirup

Zubereitung:

In einer Auflaufform Eier, Zucker, Zimt und Milch verquirlen.

Hefezopfscheiben nacheinander von beiden Seiten in die Flüssigkeit legen. Aber nur kurz, sonst wird das Brot matschig.

Butter in einer Pfanne erhitzen.

Die getunkten Hefezopfscheiben von beiden Seiten goldbraun braten. In der Zwischenzeit den Ahornsirup erwärmen.

Zwei Scheiben French Toast auf einen Teller geben und mit etwas Sirup übergießen.

Blaubeer-Muffins

Zutaten für 12 Muffins:

300 g Mehl
1 Esslöffel Backpulver
1/2 Teelöffel Salz
120 g Butter
200 g Zucker
2 Eier
200 ml Milch
1 Packung Vanillezucker
150 g Blaubeeren (frisch oder tiefgekühlt)

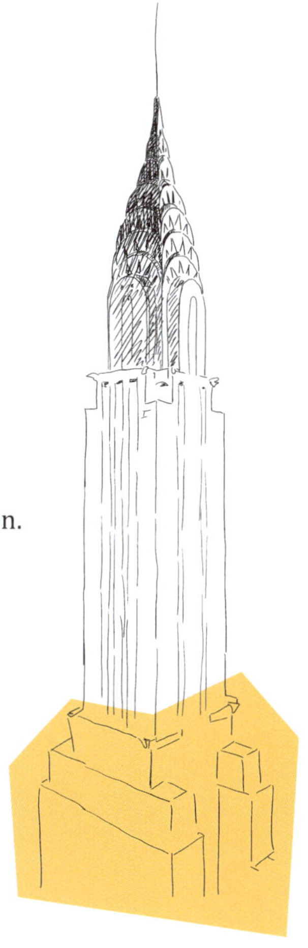

Zubereitung:

Den Backofen auf 190 Grad Celsius (Umluft) vorheizen. Papierförmchen für Muffins in die Mulden der Form geben.

Die Butter schmelzen und mit Zucker, Vanillezucker, und Eiern schaumig schlagen. Dann die Milch unterrühren.

Das Mehl mit Backpulver und Salz vermischen und in die Pulvermischung eine tiefe Kuhle drücken. Die flüssige Masse in die Kuhle füllen und mit einem Holzlöffel kurz unterheben.

Achtung: Nicht zu lange mischen, sonst geht der Teig nicht auf. Zum Schluss die Blaubeeren vorsichtig hinzugeben.

Den Teig in die Muffinförmchen füllen und im vorgeheizten Ofen 20 Minuten backen.

Brownies

Zutaten für ein Blech:

400 g Blockschokolade
250 g Butter
440 g Zucker
6 Eier
3 Esslöffel Vanillezucker
280 g Mehl
1 Prise Salz Salz

Zubereitung:

Den Backofen auf 180 Grad Celsius (Ober-/Unterhitze) vorheizen und ein tiefes Backblech mit Backpapier auslegen.

Blockschokolade zerkleinern und mit der Butter zum Schmelzen bringen: Am besten in einem geeigneten Gefäß vorsichtig eine Minute in der Mikrowelle erhitzen. Dann umrühren und noch einmal 30 Sekunden erwärmen und vermengen, bis die Mischung geschmolzen und glatt ist. Im Anschluss etwas abkühlen lassen, denn bei zu heißer Schokomischung werden die Brownies hart.

In einer großen Schüssel auf mittlerer Stufe die Eier mit dem Zucker und Vanillezucker drei Minuten verrühren. Dann langsam die leicht abgekühlte Schokomischung unter weiterem Rühren hineingießen.

Das Mehl mit dem Salz vermengen und im Anschluss unter die Mischung heben.

Den Teig auf dem Blech verteilen und 25 Minuten lang backen. Auf keinen Fall zu lange im Ofen lassen, denn die Brownies müssen in der Mitte schön saftig sein.

Nach dem Abkühlen in Stücke schneiden.

Kleiner Tipp: Lauwarm mit einer Kugel Vanilleeis schmecken Brownies noch besser!

Die Autorin

Sandra Lehmann, Jahrgang 1972, wuchs in der Pfalz und auf einer Insel im Detroit River auf. In Mainz und Dijon studierte sie Pharmazie und zog nach dem Studium nach Berlin. Heute lebt sie mit ihrem Mann und ihrem Sohn in der Nähe von Frankfurt und arbeitet als Apothekerin und freie Autorin.

Die Illustratorin

Manja Adamson, Jahrgang 1976, wuchs in der Pfalz auf. Seit ihrem Kunststudium in Mainz mit Schwerpunkt Zeichnung unterrichtet sie Kunst an verschiedenen Hochschulen im Rhein-Main-Gebiet. Sie zeichnet und illustriert unter dem Namen „Manja Adamson" sowie dem Label „m-illu" und lebt mit ihrer Familie in der Nähe von Frankfurt.

Mehr von Matti und Max:

Band 1 Abenteuer auf Kreta (deutsche Version)
Adventures on Crete (englische Version)

Weitere Bücher sind in Vorbereitung.

MOLLY
SOPHIE